Bleekers zomer

Grote ABC nr. 417

Mensje van Keulen
Bleekers zomer

Amsterdam · Uitgeverij De Arbeiderspers

Vijftiende druk, 1990

Omslag: Michael Harvey
Druk: Tulp, Zwolle

ISBN 90 295 2484 7/CIP

Bleeker kreeg het avondeten maar met moeite weg. Niet omdat ie geen honger had maar omdat ie al drie dagen niet had kunnen poepen. Als ie nog meer at, zou het in zijn slokdarm blijven hangen. Adrie was teleurgesteld omdat ze zich zo had uitgesloofd door de bloemkool met zijn favoriete zoete saus te bereiden. Onder haar toeziend oog mocht Peter nu de saus opeten. Ze keek niet alleen hoe hij dat deed, maar had haar hele lichaam in zijn richting gedraaid. Ze hield een lepel klaar om gemors op te vangen en zei onderwijl: 'Niet zo snel.' 'Goed slikken.' 'Lieverd, zo krijg je de hik.' Voor Peter z'n vingers in de laatste restjes had kunnen steken trok ze het pannetje bij hem vandaan.

Marion was in de kinderstoel in slaap gevallen. 'Je kan merken dat ze vroeger wakker worden,' zei Adrie. Ze keek naar de schaal met bloemkool.

'Willem, wil je echt niet nog 'n stukje?' vroeg ze.

'Nee,' zei Bleeker voor de derde keer en spijtig

zette ze de deksel op de schaal. 'Misschien lust je straks nog,' mompelde ze en ging van tafel.

Misschien. Hij zei er geen ja of nee op. Kijk, dacht ie, ze gaat het in de koelkast bewaren. Ze wist precies hoeveel geld ze anders weg zou gooien en als hij het niet op wou eten at ze het zelf op voor het naar bed gaan.

Het licht uit de koelkast viel gemeen over de knokigheid van haar knieën. Ze zette de schaal laag weg en veegde een piek haar die voor haar ogen hing achter haar oor. Van een vakje hoger haalde ze een plastic schaaltje tevoorschijn waar ze aan rook en nog eens aan rook voor ze het terugzette. Van dat stuk lever hoefde Bleeker geen toastje.

Peter gleed van z'n stoel en rende op z'n blote voetjes naar de kamer om de televisie aan te zetten. Adrie gespte Marion los. Het kind werd wakker en keek lodderig om zich heen. 'Ja, ze zal wel slaap hebben,' zei Adrie en trok het kind tegen haar borsten.

Over haar schouder keek het Bleeker aan alsof het in nood zat. Het begon direct te huilen.

In de kamer zat Peter op z'n knieën voor het scherm. Bleeker knipte het licht aan en liet zich in zijn stoel naast het raam vallen.

'Geen licht,' zei Peter en trok z'n hand uit z'n mond om 'n bevelend gebaartje te maken.

'Dat is niet goed voor je ogen,' zei Bleeker.

'Nee uit,' dreinde hij en rende weg om hulp te halen bij z'n moeder.

Het rook naar de kapperszaak beneden, een mengsel van lotion en verschroeid haar. In de zomer was de lucht veel sterker. Bleeker duwde z'n vuisten in z'n buik. Zo moest er beweging in komen. Er zat vast een keiharde keutel aan het eind die, als ie eindelijk kon poepen, z'n reet zou scheuren. Een klein scheurtje dat een druppel bloed gaf en 'm even zou laten rillen van pijn.

'Hij wil kijken,' zei Adrie geërgerd en zette tot Peters tevredenheid de kamer weer in duisternis.

Ik heb vannacht slecht geslapen, dacht Bleeker, ik wil geen tv kijken en ik ben moe. Hij sloot zijn ogen. Slapen kon ie niet omdat de Karekieten te hard zongen. Even later maakte het kinderkoor plaats voor een vriendelijk deuntje van een carillon. Het Oudekerksplein, dacht Bleeker. Daar ging ie toen ie twaalf was met Gerrie Fontijn naar de hoeren kijken en als ze uitgekeken waren gingen ze naar de Bijenkorf, uren de houten roltrappen op en af. Er was een keer een vrouw met haar hak in blijven steken. Onder aan de roltrap stond ze woedend aan de schoen te trekken en toen ie los schoot zat er geen hak meer aan.

'Laten we naar beneden gaan,' had ie tegen Gerrie gezegd.

'Welnee,' zei die toen, 'tussen de verdiepingen zit

iemand al die dingen op te vangen. Hakken en centen en hondepootjes.'

Adrie zette koffie. Regelmatig hoorde hij haar de ketel van het fornuis nemen. Dat werd een slappe plas.

'Peter,' riep ze maar Peter deed of ie doof was en keek vol interesse naar een agrarisch programma.

'Vooruit kom,' zei ze in de deuropening.

'Peter dit zien,' zei hij lief.

'Nou niet zeuren, het is mooi geweest,' zei ze en deed het licht aan.

Hij hield z'n armen beschermend boven zich toen ze op hem afkwam en hij schreeuwde van vernedering toen ze hem optilde en afvoerde.

Bleeker liep naar de keuken en schonk zich een kop koffie in. Hij deed een pas naar de suikerpot en voelde een korte en aanmoedigende wind tussen zijn billen uitschieten. Nou moest het lukken. Hij haastte zich naar de wc. In de aangrenzende kamer werden z'n kinderen, die in hun flanellen pyjamaatjes onder hun pluizige beestjesdeken lagen, in slaap gesust. Het viel niet mee, ze huilden erbarmelijk.

Hijgend stond ie op. Het was precies gegaan zoals ie verwacht had. Een harde keutel gevolgd door een lange zachte worst. Zijn hol was een schrijnend middelpunt. Twee keer trok ie door en nog bleven er sporen aan de pot kleven. Zijn billen tegen elkaar persend liep ie met de kop koffie naar z'n stoel.

'Zo,' zei Adrie, 'ze slapen bijna.'

Meestal vroeg ie haar: 'Druk gehad?' maar vanavond kreeg ie het niet voor mekaar, lag ie slap en zwaar in z'n stoel.

Ze reageerde: 'Ben je moe? Staat het eerste net op?' Hij zei niks. 'Hè?' vroeg ze.

'Geen idee,' zei hij sloom.

Ze stond op, draaide aan een knop, keek even, zei: 'Dit is altijd tweede net, dan stond ie goed,' en schakelde terug. 'Willem, wil je koffie?' vroeg ze.

Water, associeerde hij en kon niet nalaten het te zeggen. Ze begreep hem niet. 'Ja of nee?' vroeg ze. Bleeker knikte.

Ze zette de kop op tafel, schonk hem vol en deed er snel drie scheppen suiker in. 'Hier,' zei ze terwijl ze de kop voor z'n gezicht hield. Hij keek naar haar rode vingers met de korte nagels waarin kalkvlekjes meegroeiden en pakte de kop zonder haar vingers aan te raken.

'Je hebt dat kopje toch wel vaker gezien,' zei ze korzelig.

'Mmm,' zei Bleeker en zette het op de leuning.

Hij sliep tot ze hem wakker schudde. 'We gaan slapen,' zei ze.

Wat een walgelijke energie hebben kinderen 's morgens, dacht Bleeker en keek geïrriteerd naar z'n boterham met hagelslag waarin zich een gedeelte van Peters gemorste melk opzoog.

'Je haalt het nooit,' verzuchtte Adrie en rende van tafel voor een vaatdoek. Driftig haalde ze het grijze lapje door de plas die aan een kant op de vloer drupte. 'Oh,' riep ze dramatisch. 'Het is al acht uur.'

'Zijn er nog sokken?' vroeg Bleeker.

'Die kan je toch wel zelf pakken,' zei ze snibbig.

Die kan ik zelf pakken, dacht Bleeker en liep naar de slaapkamer. Onder in de linnenkast lag een berg zwarte sokken. Zorgvuldig koos hij twee katoenen exemplaren omdat ie gisteren in de nylonsokken die Adrie hem gegeven had veel erger had gezweet. In de kapsalon werd er al gewerkt. Tussen het geborrel van water dat afgevoerd werd hoorde hij het vrolijke gekwetter van de radiodistributie waar ie iedere zaterdagochtend wakker van werd. Niets is irritanter dan wanneer je niet in kunt grijpen, aan verkeer leer je wennen maar niet aan een lekkende kraan. Dat had ie bedacht toen ze er net woonden maar het had niet geholpen. Avond aan avond ergerde hij zich aan de lucht van de kapsalon en van uitslapen was geen sprake meer omdat ie elke keer bedacht dat ze toch tenminste voor een geluiddempend plafond konden zorgen. Of dat ie een ruiladvertentie moest plaatsen. Maar ik stel alles uit, dacht ie, ik ben een lui mens. Hij rolde de sokken op tot het teenstuk, trok ze moeizaam over z'n wreven en kreunend over z'n hielen tot ze vanzelf het onbehaarde gedeelte van z'n enkels bedekten.

In de gang stond Peter, z'n handjes om een denkbeeldig stuur geklemd, met losse rollende lippen een auto na te bootsen. Bleeker kreeg Marion in zijn armen geduwd.

'Loop vast naar beneden,' zei Adrie, 'ik kom eraan.'

Met het kind tegen zich aan geklemd stapte Bleeker voorzichtig de smalle treden van het portiek af, z'n aktentas zo krampachtig vasthoudend dat ie heen en weer zwaaide.

Beneden leunde hij tegen de witte 2cv. Veel veiliger, had Adrie gezegd, in een witte auto zien ze je sneller. Hij reed er nauwelijks in en als ie reed was het meestal op zondag.

Door de turquoise tule van de kapsalon zag ie de meisjes in hun rose schorten bedrijvig heen en weer lopen. Het dikke meisje dat ie wel eens in de tuin had zien zitten droeg er een ceintuur om, zo strak dat ze hem aan een zandloper deed denken.

Zeventien minuten te laat. Dat maakte een half uur deze week. Die paar minuten van af en toe vroeger komen of later weggaan werden daar niet van afgetrokken.

Door de raampjes die parallel aan de trap lagen vielen bundeltjes zonlicht. Hij trapte tegen de deur en liep de door tl-buizen verlichte gang in. Ik loop te snel, dacht ie, ik ben toch al te laat. En hij slenterde de laatste meters naar de grijze deur 'Heren' waarachter de toiletten en de vestibule lagen. Via dit voorportaal kon het personeel door een volgende deur het kantoor bereiken. Ik kan natuurlijk gelijk doorlopen, dacht ie. Dan ben ik iets minder laat omdat ik hier enige tijd zou kunnen hebben doorgebracht. Ik hoef trouwens niet te plassen.

Hij hoorde een wc-bril klapperen. Wie er ook opzit, hij heeft er te lang opgezeten anders blijft ie niet plakken, dacht Bleeker. Hij waste zijn handen en keek in de spiegel. Twee en dertig jaar, nog lang geen staflid, wast zijn handen met kantoorwater. Hij zag Tegelaar naar buiten komen, zag dat die hem even in de spiegel aankeek en zich daarna snel opzij draaide om de deur dicht te doen.

'Morgen Bleeker,' zei Tegelaar even later. Twee wastafels verder draaide hij aan het zeepreservoir dat een lichtgroen sliertje in het gerimpelde kuiltje van zijn hand liet lekken.

'Morgen Tegelaar,' mompelde Bleeker en liep met de druppels aan zijn vingers naar de rolhanddoek.

'Niet de vroegste vandaag, hè,' zei Tegelaar spottend.

Bleeker kuchte. 'Nee,' zei hij en rukte de handdoek een stuk naar beneden. Eronder stond een zwarte plastic emmer vol dik grijs water waarop een kraag zeepresten dreef. Nalatige werkster, dacht Bleeker en voelde een drang in zich opkomen om even tegen de emmer te schoppen. Onzin, zei hij bij zichzelf, maar de drang werd sterker en fluisterde hem in dat ie een schop moèst geven. Hij verwenste die zenuwen die 'm als kind al treiterden door hem te dwingen zes maal het licht aan en uit te doen, het laatste woord van een zin naar binnen toe te praten, in bed z'n kussen twee maal om te draaien voor ie mocht gaan liggen. Hij wist dat ie onrustig zou zijn als ie niet toegaf en dat zo'n schopje toch maar een kleine onschuldige handeling was.

De kamer was niet meer dan een door matglas van de grote afdeling gescheiden ruimte met drie bureaus, een kast en langs de muren opgestelde tafels waar grotendeels verouderde apparatuur op stond. In de ogen van het kantoorpersoneel was het echter een heiligdom, een wetenschappelijk oord waar waarheid en toekomst huisden, een laboratorium. Tegen de linkermuur was een donkere kamer, een houten hok met een schuifdeur erin. Het roestige Opemusje wachtte al jaren in z'n hoogste stand en de flessen chemicaliën stonden onder een dikke laag stof op de plank erboven. Bleeker, Tegelaar en Kruijer dronken er een glaasje water, gebruikten het als garderobe, bewaarden er hun pakjes brood. Sinds het zomer was stonden er ook flessen frisdrank en omgespoelde plastic koffiebekertjes. En er hing een witte jas die Bleeker moest delen met Kruijer. Tegelaar was meestal op pad om de geleverde partijen papier te bekijken waar drukkers ontevreden over waren. Het was te glad, te droog, te slap, te dun, te zwaar, of het verkleurde of golfde. Als Tegelaar terugkwam bracht ie verslag uit bij de directie. En Kruijer tikte het uit als ie niet in de monsterkamer monsters moest verzamelen voor de gebruikelijke steekproeven.

Lusteloos bladerde Bleeker de te testen velletjes papier door. Bovenaan ieder velletje stond een lijstje van tien vragen gestempeld. *Houtvrij?* stond er door Kruijer met de hand geschreven op een vel dat gelig zag.

Tja, schreef hij met kleine lettertjes in de krul van het vraagteken. Hij scheurde een stukje van het papier en duwde het in een flesje dat op zijn bureau stond. Het vochtige gedeelte kleurde geel op. Hij trok de dop van zijn balpen, trok om het vraagteken de contouren van een uitroepteken en vulde die dik in.

Kruijer kwam binnen en legde als een ober die een bord soep over de schouder neerzet, een stuk pakpapier over het vel met het uitroepteken.

'Burst bepalen,' zei hij. 'Voorrang. Ik heb geen tijd.'

Hij had timmerman kunnen worden met die grote

handen, dacht Bleeker, ze zijn wit en sponzig door het kantoorwerk. En hij doet vrijwel niets, nog minder dan ik. Hij rookt veel en zo zuinig dat de peuk bijna z'n vingers schroeit, hij loert de hele dag door de ruit voor 't geval Emmy Duif toevallig voorbij zou lopen of hij gaat voor niets naar de monsterkamer omdat ie dan langs haar bureau moet.

Kruijer ging aan het bureau tegenover hem zitten en trok de tikmachine naar zich toe. 'Bleeker,' zei hij, 'voorrang.'

Zuchtend liep Bleeker met het stuk papier naar de burstmeter en draaide langzaam aan de knop van het ventiel waardoor de zuurstof ontsnapte en tegen de onderkant van het papier perste. Hij keek naar buiten. Zelfs in de felle zon zag de vlaggestok nog dof. De lak was weggebeten door de poep van meeuwen die er 's winters zaten te wachten op brood. De golven van een sleepboot rolden onder de zonvlekken uit naar de woonboten aan de Troelstrakade en kletsten ertegen of schoven er een weinig onder zodat de boten licht schommelden. Vlak voor de brug lag de luxe boot van een kolenhandelaar die 'n keer de staatsloterij had gewonnen. Hij woonde er met z'n vrouw en z'n twee dochters, hoewel het er meer op leek dat hij er de vrouwen gevangen hield. Wanneer ie ook keek, hij zag ze altijd. Meestal waren ze bezig mooi te zijn. In de met nieuw antiek ingerichte kamer zag ie ze elkaar hun gezicht onder de pap zetten of hun haren krullen. Vandaag lagen ze op het tot terras omgebouwde dak. Nog geen tien uur, dacht ie, en ze liggen er al. Zou het zó heet zijn?

De zuurstof knalde door het papier. Kruijer reageerde onmiddellijk.

'Hoeveel pond?'

'Ik weet 't niet,' moest Bleeker eerlijk bekennen. 'Haal nog maar 'n stuk, dan zal ik 't overdoen.'

'Overdoen?' Kruijer schoot uit z'n stoel en snelde op het apparaat af. 'Hier,' schreeuwde hij en tikte met zijn wijsvinger op het glaasje waaronder een schaal van ponden stond gedrukt. 'Niet buiten kijken... hier. 't Kan niet over, oh jezus,' jammerde hij. 'En Randjes zal mij de schuld geven. Komt prima in orde meneer Randjes. Ik hoor 't me nog zeggen. En er is niet meer, 't spul komt uit Hongarije en er hangt een order aan vast voor tòòònnen.'

'Sorry,' zei Bleeker.

'Is dat alles?' vroeg de sidderende Kruijer, 'alles wat je te zeggen hebt? Nietsnut, lui varken...'

Straks noemt ie me stuk verdriet, dacht Bleeker, of gaat ie godverdomme roepen. Hij keek in het rode stotterende gezicht, in de oogjes die half waren toegeknepen. Het zag er meer belachelijk uit dan boos. Eigenlijk moest ie om 'm lachen en om dat te voorkomen keek ie langs 'm heen naar de stoel van Tegelaar. Een gestoffeerde stoel met armleuningen en een verstelbaar rugstuk, een echte stafstoel.

'Je gaat 't 'm zelf maar zeggen,' tierde Kruijer met overslaande stem.

Bleeker voelde druppels speeksel tegen zijn kin en lippen spatten. Ogenblikkelijk sloeg de neiging te gaan lachen om in ergernis. Dit verdroeg ie niet, dit was zo smerig, hij voelde zich misselijk worden. Met de mouw van z'n witte jas veegde hij langs de onderste helft van zijn gezicht.

'En als je 't Randjes niet zegt bel ik 'm op en laat 'm hier komen,' ging Kruijer verder.

'Oké, oké, ik zal 't 'm zeggen,' zei Bleeker. De punt van z'n tong gloeide als ie bedacht dat ie er z'n lip waarop ie Kruijers speeksel nog steeds voelde zitten, mee had geraakt. En terwijl hij het laboratorium uitliep veegde hij met de rug van zijn hand het gekwelde stuk tong droog.

'Als ik er niet zou zijn,' riep Kruijer hem na, 'dan scheurde bij de groenteboeren die ons papier voor hun zakken gebruiken de eerste appel er al doorheen.'

Aan het eind van de afdeling lag de kamer van Randjes. Naast de deur was een raampje waardoor ie het personeel kon gadeslaan. Bleeker keek erdoor naar binnen en zag Randjes een kadetje eten. Voor hem stond een dienblad met een kop koffie en een tweede broodje. Aan de muur achter hem hingen ingelijste portretten van Jezus en Maria. Ik hou niet van die katholieken, dacht Bleeker, die moet je wantrouwen. Kijk die paap nou zitten. Op de grond ligt een dik tapijt en op z'n bureau ligt haast niks. Hij belt om een broodje en het wordt 'm bezorgd, van alle winst krijg ik 'n kerststol en 'n paasbrood.

Onder het nemen van een hap keek Randjes hem plotseling aan. Betrapt liet ie z'n broodje zakken. Bleeker draaide zich om, wandelde langs de verbaasde gezichten van het personeel en zwenkte af naar de deur 'Heren'.

De emmer sop stond er nog. Hij kon er z'n witte jas instoppen maar hij besloot dat het toch mooier zou staan als ie 'm aan 'n haakje hing tussen de regenjassen van een paar pessimisten.

Hij waste zijn gezicht en spoelde zijn mond. 'Kruijer,' zei hij plat Haags en moest erom lachen. Voor de tweede keer die ochtend zag ie zichzelf in de spiegel. Als in een sentimentele film, vond ie. Normaal keek je alleen als je je schoor. Toch kon ie niet nalaten zijn eigen glimlach te bewonderen. Hij keek als een gek. Hij deed ook gek, notabene: hij ging er vandoor.

Toen ie z'n gezicht afdroogde keek ie naar de emmer. Moest ie nog schoppen, heel even, heel kort? Als ie niet schopte was ie vrij om te gaan en als ie wel schopte zou hij zich weliswaar veiliger maar toch ook een lul voelen. Hij twijfelde, keek nogmaals naar de emmer en draaide zich abrupt om. Niet dramatisch moest ie doen, gewoon doorlopen, nergens aan denken.

Fluitend liep ie de gang in, de trap af, de fietsenstalling door. Zou het geen oplossing zijn geweest als ie de emmer alleen maar even had aangeraakt, desnoods met zijn hand, vroeg ie zich af toen ie onzeker de eerste stap naar buiten zette en de hitte als een zak over hem heen viel.

Na vier uur werd het stiller in het Zuiderpark. De laatste moeders scharrelden op de grasmat hun spullen bij elkaar. Zodra ze verdwenen waren, verlegde een aantal jongens het uit twee stapeltjes kleren bestaande doel en voetbalden verder met een enthousiasme alsof het de hele dag niet warm was geweest.

Bleeker doezelde en droomde over een voetbalveldje in het Amsterdamse Bos waar ie met Gerrie, Hansje, Jopie en nog wat jongetjes stond. Hij had niet in de gaten dat achter hem een scooter naderde met z'n oom Pieter erop. Geen van de jongens zag het, ze waren vreselijk om hem aan het lachen omdat ie z'n voetbalshort liet zakken en razendsnel weer optrok. Vlak voor ie het nogmaals wou doen stond daar plotseling oom Pieter voor 'm.

Verward opende hij z'n ogen en het duurde even voor ie begreep waar ie was. De wereld zag er zo raar uit, zo anders dan z'n slaapkamer of het uitzicht op de Galileistraat of de Troelstrakade. Omdat ie op z'n zij lag keek ie dwars door een woud van grasssprieten.

Oom Pieter had nooit laten merken dat ie z'n neefje tijdens het broekzakken gesnapt had, dacht ie, terwijl het geschreeuw van de voetballende jongens tot hem doordrong. Hij draaide zich op zijn rug en gaapte luidruchtig. Slechts z'n gezicht en schouders lagen nog in de schaduw. Toen ie hier om elf uur was gaan liggen reikte de schaduw meters verder door de populieren achter de heg.

Voorzichtig betastte hij zijn gloeiende broek. Zijn tenen kon ie nauwelijks op en neer bewegen. Hij trok de hete schoenen uit en stopte er z'n sokken in. Toen ie ging staan zag ie de aderen over zijn gemartelde voeten zwellen en bij de eerste passen begonnen ze te bonzen. Hij voelde zich lodderiger dan voor ie was gaan slapen en slenterde, ondertussen zo zwaar geeuwend dat z'n mondhoeken bij het opensperren prikten, het park door. Tussen de speeltuin en de kinderboerderij was een kikkerbadje. Peter mocht er niet in van Adrie omdat, zo vertelde ze ontzet, het geen leidingwater was maar een sloot vol vlooien en bloedzuigers. Hij ging op de rand zitten, rolde z'n broekspijpen op en liet z'n voeten in het water zakken. Eromheen vormde zich een ondoorzichtige wolk die zich uitbreidde toen hij z'n voeten heen en weer peddelde. Het water was lauw maar aangenaam. Misschien zitten er beesten in, dacht ie, toch vind ik het lekker, omdat Adrie het walgelijk vindt.

Glimlachend keek ie naar de plaats waaronder z'n voeten verdwenen waren. Adrie zou nu staan schillen, Peter bouwde aan een legohuis dat Marion onhandig in mekaar sloeg. Wat zouden ze anders doen? Die paar keer dat ie ziek was geweest en in bed had gelegen waren er de godganse dag keukengeluiden en kindergehuil te horen geweest. Omdat ie niet kon zien wat er gebeurde, had ie niet rustig kunnen blijven liggen. Uitzieken was er niet bij want als ie opwas wou hij niet binnenblijven en dat moest omdat er controle kon komen.

Als ie om half zeven niet thuis was zou Adrie Tegelaar bellen, die van niks wist. Waarschijnlijker was dat een hevig geroerde Kruijer haar gebeld had en dan had ze de hele middag op 'm zitten wachten. Kon ie haar dat aandoen? Hij voelde niet de minste pijn, slechts een lichte verbazing over zijn eigen onverschilligheid.

Tenslotte zouden ze 'm op kantoor voor gek verklaren. Die Bleeker heeft zomaar de benen genomen. Nee, veel sterker, veel erger, hij is niet eens naar huis gegaan. Aggut die arme vrouw. Had ie niet twee... ja hè? Hoe haalt zo'n man het in zijn hoofd?

Hoe haalde hij het in zijn hoofd? Hij trok zijn schouders op, trapte met z'n voeten in het water om eventuele beestjes kwijt te raken en tilde ze op het droge. Aan het haar van z'n linkerkuit klampte zich een vlo vast die hij met een schaarbeweging van duim en middelvinger in een keurige boog terug schoot. Hij veegde z'n voeten aan het gras en depte ze na met z'n sokken.

Bij de uitgang van de speeltuin lokte een pomp. Een heerlijk slokje water zal me goeddoen, dacht ie. Hij draaide aan de zwengel en dronk met zo'n gulzigheid dat ie even later naar adem stond te happen.

Wat ie aanhad was alles wat ie bij zich had. Plus 'n gulden of zes aan los geld en een paar lucifers in z'n broekzakken. Hij kon er Amsterdam mee halen en er een zak patat van kopen. In z'n tas zaten z'n boterhammen met komijne- en pindakaas. Maar z'n tas stond in het laboratorium. Het gaf hem 'n voldaan gevoel dat ze juist daar waren, doortrokken van het typische aroma dat een plastic zakje in de zomer geeft.

Amsterdam. Terloops maar graag zei hij dat hij er geboren was en als ze vroegen waar, zei hij: in Zuid. Want De Pijp zei ze niks. Het Rijksmuseum kenden ze wel, maar waar de Heineken lag wisten ze niet. En die kenden de mensen uit De Pijp allemaal, daar hadden ze een fijne neus voor gekregen.

De gedachte aan een zak patat met een romige gele klodder in het midden deed hem harder lopen. Richting station, via de Hoefkade, Haagse slagader, oase van kroegen en automatieks.

Tot Leiden had ie op een klapstoeltje naast de deur gezeten. Tot er 'n dikke vrouw instapte, die zich vlak voor z'n gezicht, aan de eerste de beste stang vasthield. Hij keek naar de achterkant van haar rok die korter hing door de kreukels en toen ie zag dat ze haar as telkens verplaatste waarbij haar kolossale heupen een forse zwaai maakten, stond ie op en bood haar met een vriendelijk gebaar zijn zitplaats aan. Toen ze eenmaal zat, zuchtte ze opgelucht en haalde een groot tablet toffees uit haar handtasje. Ze brak er 'n rij van vier stuks af en stak die in één keer in haar mond.

De trein raakte steeds voller. De raampjes bleven aan beide kanten open en een lichte tocht koelde de veelal vochtige gezichten. Hij vond de mensen vrolijk. Omdat het warm was? Of leken ze soms vrolijker omdat ie 't zelf was? Hij knikte vriendelijk tegen een meisje dat door het dicht bevolkte balkon met moeite achter de wc-deur vandaan kon komen. Ze bloosde, sloeg haar ogen neer en wurmde zich haastig achter een jongen die kennelijk bij haar hoorde. Op de zebra voor het Centraal Station zag ie ze naast elkaar oversteken.

Het spitsuur was hier nog in volle gang. Over het Damrak hing een blauwe waas van uitlaatgassen, die de hitte nog een graad of wat leek op te voeren. Er waren veel mensen op de been, voornamelijk toeristen waaronder de Amerikanen het meest opvielen door hun sportieve kleding, bizarre hoofddeksels en luide gebabbel.

Op de Dam kocht ie een ijsje, twee bolletjes aardbeien geschraapt uit het gat van een Italiaans karretje. Likkend liep ie het minder gezellige Rokin af. Bij de Munt stak een stroom mensen over die nauwelijks uitdunde toen het voetgangerslicht op rood sprong.

Hij was op weg naar Daatje Kippers. Een nicht van z'n moeder die voor getikt doorging, maar waar ie als kind graag mocht wezen omdat ze alles goed vond wat ie deed of zei. Daatje was al veertig geweest toen ze zomaar zwanger werd en ze wou niemand zeggen wie de vader was. Z'n moeder bracht Daatje kleertjes, of sinaasappels om aan te sterken, maar Daatje hield haar mond.

'De melkboer,' zei z'n vader met guitige ergernis als z'n moeder hem vroeg: 'Wie kan 't nou toch wezen, Bart?' Raden deed ze niet want Daatje was nog nooit met een man gezien. Toen het kind geboren werd had het rood haar en z'n moeder zei dat het daarom maar beter was dat het een meisje was. Marietje moest nu twintig zijn.

'You have fifty cents for me?' vroeg een Duitse hippie aan 'm toen ie banketbakkerij Kwekkeboom passeerde. 'Nee sorry,' zei Bleeker en toonde de jongen zijn lege handen. Hij zou zelf niet eens een van de appelpunten kunnen kopen die hij in het voorbijgaan op een draaiende schaal zag liggen.

Daatje Kippers woonde tegenover het Aquarium. Ze was er geboren, vertrokken, en toen ze vijfentwintig was weer teruggekomen omdat haar vader z'n heup had gebroken. Nooit was ie z'n bed meer uitgeweest en acht jaar had Daatje voor 'm gezorgd omdat er niemand anders was die het deed. Eenhoog voor het raam had ie gelegen. Op een hoog bed om naar Artis te kunnen kijken. De deur van zijn kamer bleef altijd openstaan zodat Daatje, die beneden sliep, hem kon horen roepen. Kort na zijn dood besloot de huisbaas van het benedenhuis een winkel te maken en op de trap van de bovenburen liet ie voor Daatje een deur naar de eerste verdieping aanleggen. Deze brutaliteit had haar zo geslagen dat ze, ook al omdat er niemand in huis was om tegen te klagen, in zichzelf was begonnen te praten.

Bleeker belde, keek omhoog en zag even later haar gezicht in het spionnetje. Hij zwaaide en zag hoe haar nieuwsgierigheid naar wie dat nou moest wezen plaats maakte voor verbazing. Ze lachte naar 'm en verdween uit beeld. Terwijl ie de deur openduwde hoorde hij haar boven aan de trap al praten. 'Willie jongen, kom boven, nee maar dat is leuk. Zomaar bij je ouwe tante, jongen, Willie.'

'Dag Daatje,' riep ie en toen ie boven stond sloeg ze haar armen om hem heen en kuste hem op z'n das omdat ze niet hoger kon komen. Een lucht van boterzuur dampte uit haar jurk.

Ze opende de deur naar de voorkamer en liet 'm voorgaan. 'Ja, ik woon nou hier. Achter is verhuurd, dat zie je zeker wel, hè?'

Bleeker keek de benauwde, propvolle kamer rond en ging op de stoel zitten waarvan Daatje zoëven het kussen voor 'm had opgeschud.

Ze liep naar het oude huisorgeltje waar haar vader vroeger psalmen op gespeeld had en wees naar een aantal potten met pillen. 'Die moet ik allemaal innemen, deze voor m'n gal, die voor m'n reumatiek want dat heb ik ook nog, die voor de zenuwen hihihi die heb ik altijd al gehad. En verleden week heb ik vitaminen gekregen want ik liep de hele dag te duizelen. Ik ga toch niet dood, dacht ik dan, mens wat heb ik toch? Ik heb net gegeten. Heb jij al gegeten, jongen? Er zijn nog peentjes. Ik mag haast niks eten, alleen wat op m'n lijstje staat. En geen zout natuurlijk voor die stenen.'

'Je ziet er niet ziek uit hoor Daatje,' zei Bleeker vriendelijk.

'Maar ik ben 't wel,' zei ze. ''t Gaat wat beter nou.' Ze tilde een pot appelmoes en een rol beschuit van tafel. 'Zij hierboven, Duitse Rietje, misschien kan je je der nog herinneren, die had K. Ik zeg altijd: wat ben ik blij dat ik dat niet heb. Wat heeft dat mens geleden. Och och och... Je kan hier wel zitten Willie, dan haal ik z'n bordje uit de keuken.'

'Ik heb niet zo'n honger,' zei hij.

Het tafeltje met het morsige plastickleedje was naast Daatjes bord en pannetjes bedolven onder allerlei rommel. Een suikerpot, een huis-aan-huis-krant, reclamefolders, pillenpot, theedoek, het *Nieuws van de Dag* en een opgezet versleten knaagdiertje dat in z'n rug een met ijzer beslagen gat had dat tot asbak moest dienen, maar waar Daatje knopen en haarspelden in had gestopt.

'Hier hoef je niet bescheiden te wezen Willie,' zei ze op vertrouwelijke toon en ze liep naar 'm toe en krauwde haar magere vingers door z'n haar. 'Mijn jongen hè, met z'n mooie donkere haren. Er zitten wel al 'n paar grijze tussen, wat gaat de tijd toch snel. En vroeger had je ook krullen.'

'Ik had helemaal geen krullen,' zei Bleeker.

'Jawel,' zei ze vertederd, 'want je leek precies op een Rubensengeltje. Dat zei ik ook tegen je moeder maar die zei altijd dat je op de hond van ome Teun leek, Japie, die was ook altijd zoek.' Ze sloeg haar kromme vingers voor haar mond en lachte luid en krakend. 'Ze moest je 'n keer van 't politiebureau halen en toen je buiten kwam zei je dat die agenten gewone mannen met haar op hun hoofd waren hihihi.'

'Ik heb bezoek,' zei ze met een ernstig gezicht. Ze draaide zich om en liep naar de glazenkast die vroeger in z'n eentje tegen de muur had gestaan en nu tussen de kasten aan weerszijden van de schuifdeuren stond geklemd. Bovenop lag een berg aan koffers en oude boeken.

'Voor m'n bezoek heb ik altijd wat in huis. Zelf mag ik dat niet hebben.' Voorzichtig pakte ze een glaasje en trok ze een fles achter de boerenjongensschaal vandaan. 'Ik drink altijd thee, geen koffie, alleen thee. En soms 'n beetje magere melk of yoghurt.'

Met de theedoek poetste ze het glaasje en zette het voor Bleeker neer. De fles ernaast. Wijn met bessejenever, f 3,95, slijterij Van den Bosch. Een pilsje zou me beter smaken, dacht ie. Daatje stond echter zo glunderend toe te zien dat ie een slokje nam. Van die zoetigheid kon ie wel eens maagpijn krijgen.

'Op je gezondheid,' zei Daatje.

'Proost,' zei Bleeker.

'Gezond zijn is het belangrijkste in je leven,' zei Daatje. 'Denk maar es aan je vader. Toen je moeder met 'm trouwde zei de dokter: mevrouw, ik moet u één ding zeggen, u houdt uw hele huwelijk 'n zieke man. Nou, dat is erg als ze dat zomaar tegen je zeggen. Maar wat moest 't mens? Ze kon 'm niet in de steek laten want ze was net met 'm getrouwd.'

'Hij was niet altijd ziek,' zei Bleeker.

'Hij had iets in z'n hoofd. Geen tumor, anders had ie er niet nog vijftien jaar mee gedaan. En dan kreeg ie soms zo'n aanval dat je moeder zich geen raad wist.'

Hij wist heel goed hoe dat ging. Als z'n vader zo'n aanval voelde komen, ging ie op bed liggen. Na een paar minuten trappelde hij met z'n benen als 'n grote baby en schreeuwde zo hard als ie kon. Z'n moeder zat op 'n keukenstoel naast 'm, stopte heel handig een garenklosje tussen zijn geklemde kaken en bette z'n hoofd met 'n washandje. 'Oh Bart,' zei ze aan een stuk door terwijl ze zachtjes huilde.

'En de laatste jaren kon ie haast niet meer zien, hij was temet blind kan je wel zeggen. Och och.' Daatje schudde meewarig haar hoofd. 'Toen was ie nog maar veertig. Veel te jong om dood te gaan, veel te jong.'

Ik vond 'm altijd 'n oude man, dacht Bleeker. Vreemd te bedenken dat ie over acht jaar zelf veertig was. Hij was niet sterk, 't zou best kunnen dat ie dan al dood was. Hij kon nu al iets onder z'n leden hebben. Kanker in z'n buik, in z'n bloed, in z'n botten. Of 'n vaatvernauwing die vaak voorkwam bij kantoorklerken. Aan 'n maagzweer leed ie al, maar daar zou hij niet dood van gaan.

'Ik zeg 't zo vaak tegen Marietje maar ik kan net zo goed niks zeggen, ze wil niet luisteren. Nou is 't lekker weer maar als 't dat niet is blijft ze ook in die dunne broekjes lopen. Nou is dat natuurlijk mooi, begrijp ik best, maar de hele winter loopt ze met 'n blaasontsteking.'

'Wat doet ze?' vroeg Bleeker terwijl ie eigenlijk

wou weten hoe ze eruit zag.

'Lui,' riep Daatje. 'Die moet zo snel mogelijk 'n rijke man trouwen want die wil dure kleren kopen, schoenen van tachtig gulden heeft ze gekocht, tachtig gulden om op te lopen, helemaal mesjogge. Der school niet afgemaakt, wat zal ze daar 'n spijt van krijgen. Je komt in deze wereld nergens zonder papieren. Nee, dat gaat niet. Behalve joden dan, die worden uitgekookt geboren. Als je 't mij vraagt is Ajax voor de joden. Die van Marietje ook. Z'n familie zit in de textiel, zullen wel vodden wezen. Zijn daar thuis allemaal gek op Ajax.'

Als ze zondagmiddag thuis spelen ga ik kijken, dacht Bleeker. Hij had toch maar stiekem staan gnuiven toen ze ADO op eigen veld in de pan hakten.

'Momenteel zit ze op de rondvaart,' ging Daatje verder. 'Dat houdt ook op, dat is alleen in de zomer. Daarna ben ik weer goed genoeg om haar wat toe te schuiven. Je laat je eigen kind niet verhongeren.' Ze liep naar het orgeltje en tilde er 'n ingelijste foto vanaf. 'Dit is ze. Toen wou ze mannequin worden.'

Hij zag 'n slechte uitvergroting, 'n gezicht waarvan onderdelen waren geretoucheerd, een kapsel met lokken als vleugels.

'Ja, ze is mooi,' zei Daatje trots toen hij haar de foto teruggaf. Ze glimlachte ernaar, wasemde op het glas en veegde 'm langs haar buik.

'Ojeetje hij moet nog eten,' zei ze hardop toen ze

de foto op z'n plaats zette. Zingend liep ze de gang in: 'We gaan naar Zandvoort al aan de zee, we nemen broodjes... we gaan helemaal niet naar Zandvoort,' onderbrak ze zichzelf. ' 't Is al avond, nee, dat gaat niet.'

De lucht van gebakken eieren dreef de kamer in. Daatje vond het prettig om voor 'm te zorgen. Hij ging wat makkelijker zitten en nam een slokje van de wijn. Hij had zin om te roken maar z'n sigaretten lagen in Den Haag op z'n bureau en thuis in het souvenir-uit-Valkenburg doosje op de salontafel.

Peter zou vragen waar z'n vader was. Als Adrie nou maar niet zei dat die rotvent 'm gesmeerd was en dat ie hopelijk nooit meer terugkwam. Dat zou het joch breken. Met z'n moeder kon ie niet vechten en aan haar zou hij geen tekeningen van auto's opdragen.

'Twee weken geleden was ik in Castricum.' Daatje kwam de kamer binnen. Ze zette een uitsmijter, gegarneerd met 'n hoopje peentjes, voor 'm neer. 'Daar woont 'n mevrouw die ik nog ken van de revalidatie. Die zat daar voor der dikke benen en ik moest er wezen omdat ik m'n pols gebroken had. Zo dik was ie.' Met haar linkerhand gaf ze boven haar rechterarm de dikte van 'n dij aan. 'Gingen we naar 't strand in Castricum en nou raad je nooit wat ik daar heb opgelopen. 'n Zonnesteek.'

Bleeker prikte 'n peentje aan z'n vork en beet het

moeiteloos doormidden. Die komen uit blik, dacht ie, die kan ik met m'n tong tegen m'n verhemelte tot moes duwen. 'Daar hoor je nooit meer van,' zei hij.

'Nee,' zei Daatje, 'maar ik ben wel vier keer de zee ingelopen en ik had geen hoed op. Verbrand was ik ook nog. Rood als 'n kreeft. Koorts had ik ervan, ik heb 'n paar dagen onder de talkpoeder in bed gelegen. Net 'n lijk, hihi, ja eerlijk.'

'Je bent bruin geworden,' zei Bleeker zonder op te kijken.

Zorgvuldig verdeelde hij de lekkende dooiers over het brood.

'Dat zal van ouderdom wezen,' zei Daatje. 'Als 't van die ene keer komt zal 't er wel afgaan.'

Ze schuurde met een hand over haar arm. 'Zie je wel,' zei ze, 'nep.'

Jasses, schrok ie, straks vallen er schilfers op m'n eten. En boven z'n bord blies hij onopgemerkt in haar richting om z'n maaltijd te redden.

Om tien uur vond Daatje het fris worden. Ze sloot de gordijnen. Vijf minuten later schakelde ze de elektrische deken in.

'Dat vind je zeker gek,' zei ze, 'maar 't kan 's nachts gemeen koud zijn en als ik kouwe voeten krijg kom ik niet in slaap. Ik had dat ding veel eerder moeten kopen. Nou moet ik zeggen dat 't de eerste keer niet leuk was, hoor. Wat is dat warm dacht ik toen ik in m'n bed stapte. Toen begon ik te zweten. Ik heb griep, dacht ik, zo zweette ik. De volgende dag ben ik naar die zaak gegaan. Meneer, zei ik, ik doe geen oog dicht, ik drijf zowat m'n bed uit. "Mevrouw, zei die, hebt u dat doosje niet gezien? U hebt 't vast op negen laten staan." Nou staat ie dus op vier.'

Hij merkte dat 't niets uitmaakte als ie geen antwoord gaf. Ze keek 'm nu en dan eens aan terwijl ze verder ging met beuzelen. Niet eenmaal had ze 'm gevraagd hoe het thuis was. Ze was op de bruiloft geweest. Hij herinnerde zich dat ze in het paars was en een grote ouderwetse hoed met aangevreten tule droeg. De meest nietige details wist ze naar boven te halen, ze kon die dag dus niet vergeten zijn. Als ze doorhad dat ie weggevlucht was, wist ze haar nieuwsgierigheid goed te verbergen, temeer omdat ze zich niet verbaasd had getoond over zijn komst zonder jas of koffer. Onmogelijk, sprak ie zichzelf tegen, ze zei teveel onzinnige dingen om voor snugger door te kunnen gaan. Het moest die tic wezen.

Om half elf vroeg ze: 'Willie, wil jij 't harmonikabed uit de gangkast halen? Ik zou 't dolgraag zelf doen als ik m'n pols maar niet gebroken had. Die zware dingen mag ik niet meer tillen.'

Hij stond op en ze liep achter 'm aan.

'Helemaal links,' zei ze toen Bleeker in de muffe kast speurde.

Hij moest de kleren die boven de vuilnisemmer

hingen en een kist met aardappels en verschrompelde appels opzij schuiven om erbij te kunnen. Muizen, dacht ie toen ie de vloer van de kast bezaaid zag met krantesnippers. Struikelend over verfbussen en weckpotten greep ie zich vast aan 'n jurk. Zonder enig geluid schoten z'n vingers door de stof.

'Kan je 't vinden?' hoorde hij Daatje roepen toen ie voorover viel. Onder z'n ene hand lag de reep stof die hij in z'n val had meegetrokken en met de andere leunde hij op 'n stofzuiger.

'Godverdomme,' vloekte hij. Op deze leeftijd viel je niet zo makkelijk. Hij was geschrokken en voelde z'n hart tot in z'n hoofd bonzen.

'Ach, valt ie nou,' zei Daatje, 'Willie, heb je je pijn gedaan?'

Hij krabbelde overeind, klapte z'n handen tegen elkaar af, tilde met alle kracht het bed omhoog.

'Deruit,' riep ie tegen Daatje die achter 'm in de kast was komen staan. Samen trokken ze het bed uit, Bleeker niezend van het stof. Daatje knielde voor de divan. Ze kroop onder de rok van het divankleed en sleepte er twee dekens onder vandaan. Bleeker legde ze op z'n bed, de naar z'n idee minst groezelige onderop. Weer moest ie niezen.

'Is er nog 'n kussen?' vroeg ie aan Daatje die net haar pantoffels zat uit te trekken. Op haar sokken liep ze naar de stoel waar ie op gezeten had.

'Neem deze maar, zelf gemaakt.' Ze legde het aan

het einde van het bed dat ie zelf als voeteneind had gedacht. Toen ze dan ook haar zicht belemmerde door haar jurk over haar hoofd uit te trekken, verplaatste hij het kussen. Nu had ie de deur niet achter zich en hoefde hij Daatje niet te zien. Hij trok z'n schoenen uit. Moest ie meer uittrekken? Met z'n blote tenen tegen die vieze dekens? Misschien kreeg ie 't te warm. Met lichte tegenzin trok ie z'n broek uit.

Daatje liep in haar onderjurk, kleurloos en vlekkerig als de huid op haar kuiten en armen, naar de rij potten op het orgeltje. Ze graaide twee pillen uit 'n grote pot, schudde aan een duimhoog flesje tot er 'n kleintje in haar hand viel en liep mompelend: 'Ik kan ze zo niet doorslikken,' naar de keuken.

Hij hoorde haar 'n glas met water vullen. De laatste slok gorgelde ze voor ze 'm, haar keel diep schrapend, uitspuwde.

'En nu lekker slapen,' zei ze. Ze deed het licht uit, liep met kleine pasjes naar z'n bed en boog zich tot vlak boven z'n gezicht.

'Welterusten Willie,' zei ze en zoende hem dwars over z'n wang.

Ze geeft nog steeds havermoutzoenen, dacht ie en draaide zich op z'n zij om z'n natte wang in het kussen te duwen. De smyrnastoppels prikten als 'n ruwe kokosmat. Hij probeerde het vol te houden tot z'n gezicht er zo van gloeide dat ie besloot overeind te gaan zitten om 'n oplossing te bedenken.

Daatje sliep al, piepend en snurkend, en af en toe grommend diep in haar strot. Er waren meer geluiden die duidelijk maakten dat ie niet thuis lag in z'n eigen slaapkamer, waar 's nachts alleen 'n paar auto's te horen waren, het lichte ademen van Adrie of het dromen van een van de kinderen.

In de gang sloeg 'n staartklok, op het tafeltje tikte haastig een wekker hoewel die al voorliep, af en toe pingelde de thermostaat van Daatjes deken, buiten werd er nog volop van en naar het centrum gereden en boven dat alles klonken de kreten uit Artis. Dezelfde angstige geluiden als vroeger. Hij wist nooit wat voor beest het was dat zo jammerde, stelde zich grote gekortwiekte roofvogels voor die tegen het gaas opvlogen omdat ze naar het zuiden wilden trekken. Wat het ook is, dacht ie nu, het wil paren.

Hij knoopte z'n stropdas los en legde 'm op de grond. Dat Daatje niet wakker werd van zijn bed, bij de minste beweging kraakte het. Langzaam ontdeed ie zich van z'n overhemd, nam het kussen op schoot en pakte het in 't hemd door de mouwen aan de onderkant in een knoop te leggen.

Zo was het beter. Hij snoof z'n eigen lucht op en ging zo prettig mogelijk liggen, z'n benen opgetrokken, z'n handen tegen z'n knieën.

De manchetknopen zitten er nog in, dacht ie plotseling. Dat geeft niet, hield ie zichzelf voor. Ze moeten eruit, begon het in hem te zeuren. Krampachtig hield ie z'n handen onder de dekens. Niet lang. Hij moest toegeven, het water drupte van z'n voorhoofd op z'n overhemd. Hij schoof z'n hand onder het kussen en frunnikte aan de manchetknopen. Toen ie ze los had legde hij ze in de buurt van de stropdas. Hij voelde zich lullig, hij kon het niet laten, die zenuwen pakten hem op de idiootste momenten. Thuis was het minder erg, gaf ie er eerder aan toe en kon ie het volgende moment doorgaan met wat ie ervoor gedaan had, al was dat maar languit in z'n stoel liggen.

Ik kan ze weer terugzetten, dacht ie. Het volgende ogenblik vroeg ie zich af of die gedachte van hemzelf kwam of een nieuwe aanval was, of ie daar nou wel naar moest luisteren of juist niet. En het was niet de eerste keer dat ie z'n lijf voelde krimpen tot 'n erwt in 'n plooi. Hij kneep in z'n armen, betastte z'n borst en buik en de smalle bedrand om tot de juiste proporties terug te keren. Ik moet me groot voelen, dacht ie, groter zelfs dan ik ben, want ik heb vandaag iets fantastisch ondernomen. Hij ging zitten en tuurde om zich heen. Het gezicht van Daatje, de meubelen, het orgeltje, het tafeltje naast 'm waar z'n bord nog op stond, alles flauwtjes en donker. En even bleef ie zo rechtop in bed zitten en wachtte tot ie zich beter voelde. Via de kier boven de gordijnen werd het plafond ijl verlicht door de straatlantaarns. De engeltjes en druiventrossen in het midden waren verdwenen. Hij kende dat verhaal. Daatje had gemerkt dat het begon te verzakken en had de politie gebeld. Vier brandweerlieden kwamen het ornament in een zeil opvangen. Toen ze zag dat er op de stoep door de brandweerwagen gealarmeerde buren meewarig naar boven stonden te kijken, was ze uit het raam gaan roepen dat ze niet dood was.

Het gat was als een dambord dichtgesmeerd. Wel hing er nog steeds dezelfde kwalvormige lamp. Hij staarde ernaar tot ie de koperen stang waar ie aanhing zag bibberen. Daatje hield niet op met snurken. Soms krabde ze zich in haar slaap en dat bezorgde hem zo'n jeuk dat het leek of de haartjes van de dekens als mieren over de blote delen van z'n lichaam krioelden.

Een dikke houtduif stapte de straat over. Naast een stapel kratten vol omgespoelde advokaatflessen pikte hij iets van de grond en verroerde zich nauwelijks toen een Volkswagen zo vlak langs reed dat de flessen rammelden. Verder was het stil. Mensen zaten te eten, vonden het of te warm om naar buiten te gaan of lagen in Zandvoort. De zon broeide de zolders. Boven de auto's trilde de lucht. Hij stak over naar de Govert Flinckstraat. In een bakkerij op de hoek zag ie 'n verkoopstertje met hoogrode wangen. Uit het café aan de overkant had ie graag stiekem zitten kijken naar haar, hoe ze ondanks de hitte rap naar de broden greep, ze sneed en verpakte. Bij het raam, met een glas cassis als er geen thee was. Maar het kon niet, hij had geen cent. Met de taaie beschuitjes, belegd met boerenmetworst die hard was van ouderdom, had ie de moed weggeslikt Daatje om geld te vragen. Mijn straat, dacht ie, mijn goeie ouwe straat. Er stonden veel meer auto's langs de stoepen en het leek vuiler maar dat kwam natuurlijk omdat ie in Den Haag in een nette straat woonde waar kinderen ook door de week zondagse kleren droegen.

Hij stond stil en keek naar boven. Twee smalle ramen met een latje in het midden, het glas in lood was vervangen door pukkelglas. Daar had ie nou gewoond. De zolder moesten ze delen met eenhoog en toen ie huiswerk kreeg had ie er met z'n vader geschilderd en getimmerd tot het 'n kamertje was. In de alkoof waar ie zich voor die tijd 's avonds inspande om de gesprekken van z'n ouders af te luisteren, hoewel die meestal overstemd werden door de radio, kregen toen de naaimachine en de trein 'n plaatsje.

Zo kwam het dat ie z'n vader niet dood had horen gaan. Een buurvrouw was 't 'm komen vertellen. Midden in de nacht schudde ze 'm wakker. Ze zat op het bed of het de gewoonste zaak van de wereld was daar te zitten en ze knuffelde hem en vertelde onder tranen dat z'n vader naar het WG was gebracht en dat z'n moeder was meegegaan. Hij kon er beter niet op rekenen dat ie terugkwam, snikte ze. Hij moest God bidden en kalm blijven. Tegen de buren zei ze: 'De stakker schrok zo dat ie niet kon huilen.' Hij had wel gehuild, maar pas veel later. Niet toen ie z'n moeder zag jammeren, niet toen ze zwijgend de kleren van de overledene uit de kast haalde om ze naar de lommerd te brengen. Als ie aan 'm dacht klopte hij de knokkels van z'n vingers tegen iets hards en begon te neuriën. Pas weken later, toen de drempel van de keuken loszat, gebeurde het. In de gereedschapskist zag ie een blikje waar iets op geschreven stond. *Vet voor Willies trein*, las ie en toen was ie in huilen uitgebarsten, pling pling drupte het op het blikje.

Hij liep verder. Nooit had ie die trein meer aangeraakt. Ook z'n moeder vergat de alkoof. Ze kon de zware trapnaaimachine niet langer aan. Uit haar benen puilden vochtkussens waar iedere dag een nieuw verband om moest gelegd. Snel takelde ze af, ze deed steeds minder, zat aan het raam, zweeg, staarde en vervuilde. In de winter van het derde jaar dat ie aan de Handelsavondschool studeerde, vond ie haar 's morgens opzij gezakt in haar stoel. Stijf en grauw, koud als de kamer. Uren moest ze zo gezeten hebben. En toen ze haar laatste adem uitblies lag hij in bed, z'n hoofd vol van de wulpse meisjes die hij die dag op het Centraal Station enkeltjes en retourtjes had verkocht.

In de fietsenwinkel zat 'n jong bebrild vrouwtje.

Die ploert van 'n zoon heeft de zaak zeker overgenomen, dacht ie. Dat rotjoch dat de banden in de straat lek stak om de klandizie van z'n vader op te voeren. Tegen oudjaar verlinkte hij de kerstbomen en niemand vocht met 'm omdat ie in z'n achterzak altijd 'n stuk ketting paraat had. Kakkerlak noemden ze 'm, om z'n vadsigheid en de snotplek onder z'n neus. En nou laat ie dat tere brilletje in de winkel zitten tussen z'n fietsen, bromfietsen en onderdelen.

In het huis naast de hoek woonde Gerrie. Met 'n gevoel van herkenning liep ie het donkere leistenen portiekje in. Fontijn. Ze woonden er dus nog. Hij trok aan de koperen bel.

'Ja meneer?' vroeg Gerries moeder.

'Dag mevrouw Fontijn.' Hij voelde zich kleuren. 'U zal me wel niet meer kennen.'

Ze fronste haar wenkbrauwen.

'Willie mevrouw, ik woonde verderop.'

'Krijg nou wat,' zei ze en keek 'm vrolijk aan. 'Hoe is 't ermee?'

'Goed hoor, best.' Hij hakkelde even. 'Eh... ik wou... woont Gerrie hier nog?'

'Die zit in de antiek en de klokken. Op het Gerard Doupleintje. Maar kom toch binnen.' Ze deed 'n stap achteruit en maakte aanstalten haar schort los te knopen.

Hij schudde z'n hoofd en stak in een afwerend gebaar z'n hand op. Uit de keuken sloop 'n poes in de richting van de deur.

'De poes,' zei hij en wees in de gang.

'Naar binnen,' riep ze, 'mormel.' Ze draaide zich om. 'Hij mag niet voor, anders loopt ie zo onder 'n auto. Wou je echt niet binnenkomen?' Ze knikte met haar hoofd. 'Die duivenmelker is ook thuis, loopt in de ww.'

Hij gaf haar 'n hand. 'Ik kom nog wel eens langs,' zei hij. 'Doe 'm de groeten.'

Hij keek op de klokken aan de muur. Precies vijf minuten stond ie al hier. 'Hallo,' riep ie nogmaals. Hij kan even wegzijn, dacht ie, ik zal binnen op 'm wachten. Welgemoed schoof ie een versleten fluwelen gordijn opzij. Hij knipperde met z'n ogen, zag dat ie voor een bar stond en sloeg er met z'n vuist op; dat was nou echt iets voor Gerrie.

'Ger is er niet,' hoorde hij 'n meisje zeggen met 'n rollende r.

Verbaasd keek ie voor zich uit en zag een negerin op bed zitten. Waarom had ze niet geantwoord op zijn geroep, dacht ie, moest ze dan niet op de winkel letten? Hij liep de kamer in en ging op 'n stoel met 'n kuil zitten. De veren tikten tegen de vloer. 'Oh,' zei hij, 'wanneer komt ie terug?'

'Hij is aan 't flipperen,' zei ze. Ze zette een tasje tussen haar dijen en begon erin te rommelen. 'Nog vijf minuten, nog tien minuten,' giechelde ze, 'misschien wel 'n kwartier.'

'Dan wacht ik wel.'

'Wacht maar hoor.' Ze legde haar hand op de vensterbank en haalde geconcentreerd een vijl langs haar oranje gelakte nagels.

Lichtelijk verward keek hij naar haar blote zwarte benen. Der broek, dacht ie, ik kan 'm wel voor de helft zien. Doet ze dat nou voor mij?

'Ik ken jou niet,' zei ze. Ze nam de vijl in haar andere hand, keek 'm plotseling aan en draaide haar hoofd weer naar het raam.

Ze doet 't dus voor mij, dacht ie, ze blijft precies zo zitten. Dat had ie nog nooit meegemaakt. Adrie trok haar rok glad voordat ie haar broek kon zien en hield haar benen, zo niet over elkaar geslagen dan toch in de buurt van elkaar. En op kantoor droegen ze korte rokken die met been en al onder de bureaus werden verborgen. In de winter wilden ze nog wel eens op de verwarming zitten maar dan durfde hij niet te kijken. Kruijer, die blikte naar hun verboden geheimen en zag die zuurtjes als slagroompunten. Maar dat iemand die lelijk was naar ze keek, vonden ze vanzelfsprekend.

'Hee man, ik vroeg je wat,' onderbrak ze z'n gepeins.

Bleeker kuchte. 'Gerrie is 'n ouwe vriend van me,' zei hij.

'Ik dacht al, ik heb je nog nooit gezien. Kom je

soms 'n klokkie kopen?'

'Nee,' zei hij, 'ik kom 'm verrassen.'

'Grappig hoor,' giechelde ze en begon met de punt van de vijl onder haar teennagels te pulken.

Hij keek om zich heen. De vloer liep scheef. Tussen antieke en ouderwetse meubelen lagen klokken, kranten, bierflessen, as en sigarendozen. Ik kan zo bellen, dacht ie toen ie op de schoorsteen 'n telefoon ontwaarde. Dag Adrie, kon ie zeggen, ik bel je even omdat je misschien ongerust bent. En als ze 'm dan niet knisperend in z'n oor uitlachte of de hoorn erop smeet: Maak je geen zorgen, het gaat prima. Dat werd ook wel tijd, ik ben niet van plan m'n hele leven op een kantoor te zitten en dood te gaan in de Galileïstraat.

En als ze vroeg waar ie dan wel aan dood wou gaan? En wou weten waar ze voortaan het geld vandaan moesten halen? Daar moest hij als vader tenslotte voor zorgen. Haar Haagse hersentjes vonden het te min om van de bijstand te trekken. Nee, het zou heerlijk zijn wanneer hij iets onaardigs kon zeggen waar ze niet van terug had. En die kans was klein. Als ie thuis was klaagde ze al zo veel, laat staan nu hij weg was.

De negerin bood 'm 'n sigaret aan. Op haar knieën schoof ze over het bed, 'n brandende lucifer tussen haar vingers. 'Man, heb jij 't even warm,' zei ze, 'zelfs je oren zijn rood.'

Jij zal die hitte wel lekker vinden, dacht ie gekwetst. 'n Kleur misstond 'n man op zijn leeftijd.

De eerste trekken aan de sigaret deden hem duizelen en vaag hoorde hij op de achtergrond de winkeldeur opengaan en de daarop volgende voetstappen. En toen zag ie 'm, z'n buddy, Gerrie Fontijn. Met z'n bovenlijf bloot, in een spijkerbroek, z'n buik hing over de rand van z'n broekriem, en hij had een dikke sigaar in z'n mond. Echt verbaasd was ie, grote ogen zette hij op. Hij nam de sigaar uit z'n mond en riep: 'Eeeh... Eeeeh...'

'Wat 'n verrassing,' schimpte de negerin.

Bleeker voelde zich door mekaar geschud. Links en rechts sloeg Gerrie 'm tegen z'n bovenarmen terwijl ze elkaar lachend aankeken. En ze zagen dat jaren geen rimpels oversloegen maar zeiden er geen woord over. Het enige dat Bleeker in die richting suggereerde nadat Gerrie 'm losliet, was z'n vinger in die bierbuik voor 'm steken. Waarop Gerrie aan z'n broek sjorde en 'Goeie leven' zei.

'Ik hoorde dat je aan 't flipperen was,' zei Bleeker.

'Je moet 't eens zien,' spotte de negerin. 'Hij staat te schudden en te tillen aan die kast om de bal in 't spel te houden zeg.'

'Onzin. Mij zien ze dat ding niet op tilt zetten. Vier vrije spelen vandaag, één uit de loterij.'

Bleeker gaf geen commentaar, dit was bargoens voor 'm.

'Ik wil zo nog wel even,' zei Gerrie uitnodigend. 'Er staat 'n splinternieuwe Zip-a-Doo.'

Knikkend stemde Bleeker toe. 'Ik heb alleen geen ene cent,' liet hij er snel en zacht op volgen.

Gerrie zwaaide met een nonchalant gebaar het probleem weg en lachte.

Hij begrijpt het, dacht Bleeker, ik zie aan 'm dat ie weet waarom ik hier ben. En dankbaar lachte hij terug.

'Gossie,' merkte de negerin op, 'ze hebben lol.'

'Joyce, mond houden,' zei Gerrie, 'en mooi wezen.'

'Poehpoehpoeh,' pruttelde ze tegen en draaide zich verleidelijk op haar zij.

Gerrie trok aan z'n sigaar. 'Hm uit,' zei hij en gooide 'm met 'n vies gezicht op het veger-en-blik achter de kachel. Een nieuwe stak ie op, uit 'n grote kleurige kist. 'Ook een Heuse Hajenius?' vroeg hij plechtig en hield Bleeker de kist voor.

'Fontijn, dat sla ik niet af,' zei Bleeker met 'n even diepe keel.

Opgewekt liep ie achter Gerrie het huis uit. De vrouw laten liggen en op pad gaan. Hij rechtte z'n rug en pafte aan z'n sigaar. Boven Gerries blonde haren kringelde dezelfde dikke rook. Zo hoort het, dacht ie voldaan en kon zich niet herinneren waar het fout was gegaan.

Met een zucht deden ze de bovenste knoop van hun broek los. Van de rijsttafel was slechts 'n half kommetje rijst over. Gerrie klokte het laatste kwart pils weg, boerde, en wenkte 'n tenger dienstertje.

'Twee koffie en de rekening juffrouw.'

Hij keek haar na. 'Die ploppertjes, 'n tailletje, 'n kontje,' zei hij tegen Bleeker op vertrouwelijke toon. 'En mooi dat die chocola is tussen de lakens.'

Het meisje zette de koffie op tafel en Gerrie keek haar recht in haar gezicht aan en zei dat ie nog nooit zo goed gegeten had.

Verlegen trippelde ze weg. Gerrie klakte met zijn tong. 'Prachtig,' zei hij. 'Waar was ik ook al weer?' mompelde hij voor zich uit. 'Oh ja, ik zat dus onder de rooie vlekken. En jeuken, oh vreselijk. Ik kon best wat opgelopen hebben, in een week had ik acht verschillende grieten te pakken gehad. Werkelijk Willie,' zei hij toen ie Bleeker vermaakt maar ongelovig zag kijken. 'Ze lopen achter me aan. Soms zit ik met drie stuks in huis en dan belt de vierde aan. Ik word er doodmoe van. Nou moet ik er bij zeggen dat ik me keurig gedraag, beleefd weet je wel, en ik stel me voor als jonkheer Gérard Fontijn van Hazelaar. Vallen ze op.' Hij lachte, roerde z'n koffie en tikte het lepeltje op de rand van het kopje. 'Maar goed, toen ben ik naar 't Binnengasthuis gegaan. Ik moest me helemaal uitkleden en toen ik in m'n schalen stond kwamen ze met z'n zessen om me heen lopen, van die studenten weet je wel. Die klotebijters wisten er niks van, zelfs de professor niet die tien minuten later binnenkwam. Zalf gaven ze me mee en na 'n week moest ik terugkomen.'

Bleeker zette twee klontjes suiker op z'n lepeltje en liet ze voorzichtig aan het oppervlak van de koffie volzuigen tot ze bruin waren.

'Het was de terpentine waar ik de lijstjes mee had schoongemaakt,' mopperde Gerrie.

Met een grote, grijze Chevrolet reden ze naar de Plantage Middenlaan. Daatje zette thee voor ze. Het harmonikabed stond nog in de kamer. Gedeeltelijk was het in mekaar geduwd. Alsof Daatje zich halverwege had gerealiseerd dat ie langer kon blijven logeren. Op de schots en scheef gevouwen dekens lag z'n das uitgestald. Hij keek ernaar en liet 'm liggen.

Gerrie toonde belangstelling voor de glazenkast maar of Daatje nou in de gaten had dat het een handelaar was die haar polste, ze sprak niet over waarde of verkopen maar over haar moeder die vroeger onder in die kast de geldkist bewaarde. Ze snoerde Gerrie de mond door verjaardagen en rouwrecepties te beschrijven waar boerenjongens gedronken werd met 'n lepeltje vanwege de rozijnen. Gerrie probeerde het met het rookstel dat op de schoorsteen stond, de spiegel die erboven hing, de Friese staartklok in de gang. Vergeefs. De kleinste prul in Daatjes huis bezat een geschiedenis. Ze duwde Bleeker 'n ansicht in z'n handen. 'Van meneer hierachter,' zei ze trots.

Hij draaide het kustgezicht om en las over de linkerhelft, in een schools handschrift: *Hartelijke groeten uit het zonnige zuiden. B. J. Th. Kok.*

'Dat is toch vreselijk aardig,' zei Daatje. 'Maandag komt ie terug.'

Gerrie maakte duidelijk dat ie weg wou. Bleeker knikte en stond op.

' 'n Hele aardige man,' leuterde Daatje, 'altijd 'n grijs kostuum aan en zachtjes lopen. Een beleefd en fatsoenlijk mens, ik mag niet klagen.'

'We gaan,' zei Bleeker. Hij legde z'n handen op haar schouders. 'Tot ziens Daatje en bedankt.'

Onder de rode lucht die het wit aan de statige Plantagehuizen zacht rose kleurde en de bomen donkerbruin, keerde Gerrie de auto. Bleeker zwaaide naar Daatje tot ze uit het zicht verdwenen was. De radio speelde kamermuziek en Gerrie bleef dertig kilometer rijden omdat dat volgens hem bij die deftige muziek hoorde. Bleeker leunde uit het raampje; de wind rook naar de haven en speelde minzaam door zijn haar.

Gerrie liet 'm de Zeedijk zien zoals dat heette. Negers en hoeren, jukeboxen waarin Bill Haley en de Platters nog altijd populair waren.

Hij verbaasde zich erover dat ie zoveel bier kon

drinken en bedacht toen dat het kwam omdat ie dorst had en het meeste vocht er vanwege de warmte via z'n poriën weer uitliep.

Niet veel later wist ie beter. De slapte in z'n onderbuik welde naar z'n keel, door z'n hoofd, tot in de wortels van z'n haren. De bar leek scheef, de juffrouw erachter buiten proportie, het gonsde in z'n hoofd en de geluiden om hem heen dempten door de watten in z'n oren. Duizelend liep ie naar buiten en ging op het kozijn van het caféraam zitten. Hij ademde diep, trok z'n wenkbrauwen op om z'n ogen open te houden. Lopen, dacht ie, ik koel te snel af... asjeblieft geen longontsteking... lopen. Met een hand aan de muur schuifelde hij over de stoep. Op de hoek van een steeg stond ie stil bij een verlichte etalage vol linnengoed, kousen en babykleertjes. Hoe was 't in godsnaam mogelijk in zo'n straat?

Hij liep de steeg in, leunde z'n handen tegen een dubbelbrede deur en kotste pils en leverworst met tot besluit een onverdraaglijk zuur kwakje waarin ie rijst en pinda's gewaar werd. Achter 'm passeerde een mompelend stelletje. Ze hadden 't over hem, hij voelde dat ze naar hem keken. Naar die man in overhemd die tegen een deur had gespuwd, schaamteloos als een hond.

Met een opgeraapt stuk krant veegde hij de morserij van z'n schoenen en de zoom van z'n broek. Waar moest ie z'n kin mee afdrogen? Zinloos keek ie om zich heen, hij zou immers nooit z'n gezicht afvegen met iets wat op straat lag. Aarzelend bracht ie z'n vingertoppen naar z'n kin. Het was zo slijmerig dat ie erin kon roeren. Tenslotte haalde hij er enkele malen de muis van z'n hand langs die hij tussendoor afveegde aan z'n broek.

Ze zullen me ruiken, dacht ie toen ie weer het café binnenging. Gerrie stond met tweedehandsautohandelaar Piet Kabeljauw en zakenman Barendje te praten. Piet was dronken, zag Bleeker, maar meer het soort dronkenschap waar sommige mannen avond na avond in verkeerden en dat ze zelfs op de been leek te houden. Verlopen zag ie eruit, rood en opgezwollen, en z'n onderste oogleden hingen er losjes bij zodat de rose, vochtige binnenrandjes zichtbaar waren.

Lachend tikte de autohandelaar Gerrie op z'n schouder en wees met een dikke vuile vinger naar Bleeker. Bleeker bleef staan. Ze lachten om 'm, ze zagen aan 'm dat ie ziek was geweest. Nu lachten Barendje en Porno Jantje zelfs ook. Jongens die vanavond zo aardig voor 'm waren geweest, tegen wie hij had opgeschept over zijn grote avontuur, en die 'm gelijk gaven want vrouwen dat was maar niks. Z'n maag begon te steken, z'n ledematen voelden overbodig in de drukte om hem heen. Moest ie naar ze toe lopen of weggaan? Hij wikte en woog, legde zijn hand op de zojuist verlaten zitting van een barkruk en trok ’m snel terug toen ie andermans warmte voelde.

‘Hee ome Wil,’ hoorde hij Gerrie zeggen, ‘hoe is ’t nu met je?’

Bleeker keek op. ‘Slaap,’ zei hij.

‘Nog geen twaalf uur, kom kom,’ zei Gerrie onder het uitblazen van sigarerook.

‘Ik voel me niet zo lekker,’ verweerde Bleeker zich. Kan ie dat niet ruiken? vroeg ie zich af.

‘Ach kom,’ zei Gerrie en tikte met z’n hand tegen Bleekers wangen, ‘dat gaat wel weer over. Je moet gewoon effe goed kotsen.’

Geeuwend schudde Bleeker z’n hoofd.

‘Der zitten daarachter ’n paar vreselijk geile meiden,’ zei Gerrie. Hij wees met z’n duim in de richting van z’n hart en haalde vervolgens uit de zak van z’n leren vest een sigaar. ‘Voor jou, hier.’ Bleeker bedankte met ’n afwerend gebaar.

‘Vraag ik of KC opstaat, kan je zitten. Ja?’ En zonder op antwoord te wachten draaide Gerrie zich om.

‘Oké,’ zei Bleeker en sjokte achter het brok levenslust aan dat gedurende de paar passen die ze moesten afleggen naar iemand zwaaide en een Surinamer, die nog net geen dwerg was, door z’n haar kroelde.

KC onderhield zich op intieme wijze met een oudere vrouw in een zeegroene satijnen jurk. Haar kapsel krulde over haar voorhoofd en haar wangen en benadrukte haar fel gestifte lippen die ze nu en dan tuitte.

KC studeerde medicijnen. Dat ie daar al twaalf jaar mee bezig was werd voornamelijk veroorzaakt door de omgang met het syndicaat van scharrelaars waar ie nu tussen zat. Hij rookte ook sigaren en reed in grote amerikanen maar het feit dat ie een zoon was van een gefortuneerd tandarts, die enkele uren per dag uitsluitend particulieren behandelde, en de vijf jaar corpsleven, bepaalden zijn uiterlijk en gedrag. Zo had hij de vette trut niet direct overrompeld door een arm om haar heen te leggen en binnen vijf minuten in haar tieten te knijpen, onderwijl met de andere hand haar onderlichaam molesterend. Nee, hij imponeerde haar door vleiende volzinnen.

'KC,' onderbrak Gerrie hem, 'haal die dikke kont van je eens van de stoel. Willie moet even zitten.'

'Zo goede vriend,' zei KC en keek Bleeker peinzend aan. 'Juist ja,' constateerde hij en draaide zich naar het plompe mens.

'Juffrouw,' zei hij, 'excuseer mij, maar deze goede man heeft 'n zwaar lot getroffen.'

'Wat is er dan?' vroeg ze nieuwsgierig toen Bleeker naast haar zat.

'Ik heb 'n lange reis achter de rug,' verzon hij.

'Terug van vakantie?' Ze bood hem 'n menthol-sigaret aan. Hij bedankte. Daar had ie werkelijk geen trek in. Norit moest ie hebben om z'n maag tot rust te brengen, maar kwam daar maar eens om in een café.

'Schatje,' zei ze en legde haar mollige hand op z'n dij, 'er is vast nog iets hè?'

Bleeker keek op haar knieën, die bezaaid waren met paarse puntjes.

'Annie voelde 't al. Je vrouw?' Ze boog haar gezicht tot vlak voor het zijne.

Hij zag dat ze een nylonpruik droeg. Ze bewoog haar neusvleugels.

'Over je nek gegaan?' vroeg ze.

Bleeker knikte beschaamd. Stevig kneep ze in z'n hand. 'Ga met Annie mee, dan zal ze je lekker wassen.'

Even schrok ie. Toen keek ie haar midden in haar toegetakelde gezicht. Aan de met poeder volgestopte lijnen zag ie dat ze zeker veertig moest wezen. Maar wat maakte het uit waar ie sliep? Bovendien glimlachte ze heel vriendelijk.

Annie woonde boven een loodgieter op de Geldersekade. De voorkamer werd vrijwel geheel in beslag genomen door een wit plastic bankstel om een kloostertafel. In de hoek hing een kastje waarin een rij lichte lectuur, het theeservies en de radio stonden. Verder waren de muren, schoorsteen en vensterbanken opgedirkt door schreeuwerige snuisterijen.

Ze schopte haar schoenen uit en kneep in haar voeten. 'Wou je nog wat drinken, schatje?'

'Liever niet,' zei Bleeker en liep naar het achterste vertrek waar ie zich op bed liet vallen. Het kostte hem geen enkele moeite zijn ogen dicht te doen. Wel om ze weer te openen en daar had ie geen zin in. Hij sliep bijna toen Annie z'n schoenen losveterde en 'm z'n kleren uittrok.

'Geef es 'n beetje mee,' zei ze hijgend onder het sjorren aan hem en het dek waar ze hem onder wou hebben.

Hij ging enigszins overeind zitten. Door de spleetjes van z'n ogen zag ie hoe Annie in haar vette nakie de dekens over z'n eigen blote lichaam trok. Daarna kwam ze in bed en kroop onmiddellijk tegen hem aan.

'Hee,' fluisterde ze, 'draai je es even om.' En toen het stil bleef: 'Je slaapt toch niet?' Ze wachtte even. 'Ik maak je wakker hoor.'

Bleeker had, op slapen na, nergens trek in. Hij haalde zo regelmatig mogelijk adem en bleef, alhoewel dat inspanning kostte, roerloos liggen.

Annie voegde de daad bij het woord en prikte een vinger tussen zijn billen.

'Aaah,' kreet hij en draaide zich met 'n slag op z'n rug. Het volgende moment werd ie bedolven onder haar zware bovenlichaam. Ze beet in z'n buik, likte z'n navel, draaide haar vingers in het weinige borsthaar dat ie bezat en gaf niet op ondanks zijn 'nee nee' geroep. Ze draaide zich zelfs om en leunde haar handen op z'n heupen, terwijl ze met een been over hem heen stapte om met haar volle gewicht boven op z'n borst te gaan zitten.

Bleeker kreunde. 'Ik stik,' piepte hij benauwd. Hij duwde tegen haar voze rug, maar ze week geen centimeter. Z'n borst leek zachtjesaan te worden ingedrukt. Hij snakte naar adem. Straks breken m'n ribben, dacht ie, en ik kan er niets aan doen, het kantoor heeft m'n spierballen verpapt. In paniek greep ie naar haar taille, verzamelde alle kracht in z'n vingers en kietelde. Ze reageerde heviger dan ie verwacht had. Al bij de eerste kietel schoot ze in de lach en duwde haar kont naar achter tot ze tegen z'n kin stuitte. Hij trok z'n knieën op. Ze verloor haar evenwicht en met een gilletje rolde ze opzij.

Bleeker betastte z'n neus. Annie draaide zich op haar buik.

'Je hebt er lelijk tegenaan gestompt,' zei hij boos.

' 'n Echte man voelt geen pijn,' zei ze. 'Er is niks aan te zien, hij bloedt niet eens.' Ze legde haar arm over z'n middel in een poging hem terug te kietelen.

'Laat dat,' riep Bleeker en toen ze doorzette werd ie zo kwaad dat ie haar dwars over haar gezicht sloeg.

'Oh,' slaakte ze en aaide haar hand over de geslagen plek.

Verdwaasd keek ze naar de man die in haar bed

lag. Hij keek geschrokken, z'n mond hing half open en hij beefde. Zachtjes jankend stond ze op en deed het licht uit. In het donker schuifelde ze terug naar het bed. Ze viel bijna over een van Bleekers schoenen die ze daar zelf had neergezet en gaf er kwaad een schop tegen. Scheldend stapte ze onder de dekens.

Lang nadat Annie in slaap was gevallen, denderden 'klootzak' en 'hoereloper' door z'n hoofd.

Hij sliep onrustig en werd tot drie maal toe wakker van een naargeestige droom die vervolgd werd als ie weer insliep.

Niets kon ie zich ervan herinneren toen ie in de vroege ochtend om zich heen keek. Hij was kletsnat, uitgeput, z'n linkerbeen stak buiten het bed. Annie had met haar enorme lichaam meer dan de helft van het bed in beslag genomen. Onder haar naar achter geschoven pruik hingen haar eigen peperkleurige haren. Haar gezicht lag erbij als een gebruikte pleister en hij ontdekte dat ie zich vergist had. Ze moest minstens vijftig wezen.

In de Monnikenstraat plaste hij tegen de muur van een Chinees restaurant. Achter hem was een sexshop waar in de etalage een rood licht flikkerde. Hij had geen oog voor de uitgestalde waar, raakte zelfs niet onder de indruk van de oude stad die zo stilletjes onder het eerste zonlicht lag. Ze liggen allemaal nog in bed, ging het door hem heen. Het hele kantoor,

Kruijer met z'n zonverbrande vrouw, dikke Annie, zelfs z'n kinderen waren op dit uur nog niet wakker. En ik, dacht ie, ik loop hier buiten als een ouwe man zo stijf. Ik heb 'n hoofd alsof 't in mekaar is geslagen. Oh god. Hij besefte hoe smerig ie was, de zweet en kots op z'n lijf, in z'n kleren, de viezigheid die hij had aangeraakt, waar ie op gezeten en tussen geslapen had. M'n buik voelt als beton, dacht ie, ik ben al die tijd niet af geweest, ik had nooit bij die Chinees moeten eten. En dat terwijl ik aan 'n maagzweer lijd. Twee tranen rolden over z'n wangen en vielen op de revers van het van Gerrie geleende colbert.

Opgewekt liet Gerrie hem binnen. 'Ik dacht al dat jij 't was,' zei hij. In de kamer trok hij een net streepjespak aan. Soms lachte hij zonder te verklaren waarom. Er lag 'n meisje in bed. Voorzichtig schudde Gerrie aan haar schouder. 'Deukie, wakker worden. Ze werkt weer sinds 'n week,' richtte hij zich tot Bleeker en toen ie die in elkaar gedoken in de stoel zag zitten, schoot ie in de lach. 'Dikke Annie heeft 'n zevenmijlskut hahaha.'

Bleeker kon niet lachen. Annie was 'n monster. Hij wist niet of ze 'n grote kut had, hij herinnerde zich wel dat ie plakte toen ze ermee op z'n borst zat. Het meisje greep verlegen haar ondergoed van de grond en kleedde zich onder de dekens aan.

'Ze is toch zo preuts,' zei Gerrie. 'En zwak. Wintervoetjes, griep, niet kunnen plassen, altijd wat. Daarom heet ze Deukie, hè Jel?'

Grijnzend, haar hoofd tuttig wiegend, gaf ze toe. Ze kijkt raar, dacht Bleeker, ze kijkt alsof ze nauwelijks iets ziet.

'Kruip jij der nog even in,' zei Gerrie tegen Bleeker. 'Ik heb 'n paar afspraken en nog wat te regelen. Vanmiddag ben ik terug.' Hij stak een doos sigaren in zijn zak. 'Wat zou je ervan denken Willie, om bij me in dienst te komen? Die schilderijklokjes,' wees ie naar een exemplaar aan de muur, 'moeten met de hand geschilderd. Ik wil ze wel voortekenen dat jij ze invult, maar je mag ook je eigen fantasie laten gaan. Koetjes, bootjes, bloemetjes... We hebben 't er vanmiddag wel over, hè, goed?'

'Goed idee,' zei Bleeker, 'prima.'

's Middags was ie 'n stuk opgeknapt. Hij had zich wat gewassen aan het bruin beslagen gootsteentje in de keuken en had gretig gebruik gemaakt van Gerries scheerapparaat dat op het aanrecht lag, de stekker nog in het stopcontact. In een bierglas stond uitnodigend Gerries tandenborstel maar hij zag dat er koek inzat en spoelde z'n mond onder de kraan. In een zwarte broek die glom van moeder Fontijns strijkbout en een truitje dat rose was maar schoon, ging ie languit op bed liggen, z'n handen onder z'n hoofd.

Op een vrijdagmiddag zo te liggen zonder dat ie iets hoefde te doen, peinsde hij, dat was toch bijzonder. De enige doordeweekse dagen dat ie zonder ziek te zijn zo kon liggen waren vakantiedagen. In een Drents zomerhuisje, de tuin van een pension in Valkenburg, vorig jaar tussen twee handdoeken in Zuid-Frankrijk omdat het handig was met een Citroën op vakantie naar Frankrijk te gaan. Nooit thuis. Dit jaar hadden ze erover gedacht maar weer naar Valkenburg te gaan omdat het twaalf gulden inclusief per dag was en kinderen voor de halve prijs welkom waren. Ook omdat de pensionhouder, meneer Schreiner, zo'n aardige man was die ze ieder jaar 'n kerstkaart stuurde. Toen Bleeker na het drinken van een kop geitemelk ziek was geworden kwamen mevrouw en dochter Schreiner beurtelings vragen of ie wat nodig had. En als ze zagen dat de pot waar ie in pieste en gal braakte gebruikt was, gaven ze dat door aan Adrie. Dat vond ze vies, daar kneep ze haar neus bij dicht. 'Word asjeblieft gauw beter,' zei ze.

Het zat erin, mokte hij in zichzelf. De enige vakantie die ze voor hun huwelijk zouden beleven wilde hij avontuurlijk met een tent op stap. Hij had al geïnformeerd naar de huurprijs, maar zelfs als ie er een gekocht had waren ze goedkoop uit geweest. Gepruild dat ze had en tenslotte, toen ie allerlei concessies moest doen, had hij een verzorgde reis voor twee personen geboekt. 'Want als ik ongesteld ben, wil ik een hotel. En als ik m'n haar wil wassen wil ik ook in een hotel en ik was 't twee keer per week anders wordt 't zo vet.'

Ik had nooit moeten trouwen, dacht ie, ik had hier moeten blijven. Als Gerrie niet altijd werk voor me heeft, kan ik tussendoor op een kantoor of bij de PTT werken.

Dat was oneerlijk. Adrie was 'n meisje dat nodig uit huis moest, god, wat moest ze al niet stiekem doen om zo lang mogelijk bij hem te kunnen blijven. Onzin. Ze had 'm 'n loer gedraaid want 'n paar maanden nadat ze getrouwd waren, wou ze ineens iedere zondag naar huis en toen de telefoon was aangelegd belde ze om de dag met haar moeder. Och, ze was mooi, dacht ie. Mooi? Hij wist niet of ie haar nu nog mooi vond. Zo weinig zag ie ervan. Ze wist zich razendsnel uit te kleden en die paar keer dat ze een bikini droeg sliep ie of onderging het met een humeur dat bij de zondag hoorde.

Op de vloer van de winkel lagen kastjes van spaanplaat, op maat gesneden ruitjes die erin pasten en de attributen waarmee ze moesten worden beschilderd: een dunne en een dikke viltstift, een jampot met penseeltjes en een doos waterverf, waar over de meeste kleuren slordige likken van een andere kleur waren gesmeerd.

Voor de tweede keer legde Gerrie uit wat er aan de klokken moest gebeuren. Bleeker had het bij de eerste keer al begrepen maar geduldig luisterde hij nogmaals toe. Ter illustratie liet Gerrie 'm 'n voorbeeld zien van hoe het niet moest.

'Jaja,' zei Bleeker begrijpend toen ie het fantasieloze geschilder zag dat meer weg had van een sloot met kroos dan de wei met koeien dat het voor moest stellen.

'Deukie wil me zo graag helpen,' zei Gerrie, 'maar wat ze ook doet, 't gaat altijd mis. Die heb ik dus zelf gemaakt,' ging ie verder en wees naar de muur. 'Die koetjesklokjes doen 't altijd goed. Als iemand er een komt kopen moet je er wel bij zeggen dat ie om zes uur op moet staan.'

Met een ernstig gezicht trok Gerrie een gewicht op. 'Waarom denk je?' vroeg ie en gaf zelf het antwoord: 'Omdat ze dan gemolken moeten worden. Hahaha. Zal je 't niet vergeten? Ze lopen er allemaal in,' zei hij grinnikend, 'vooral meisjes.'

Bleeker lachte en nam 'n sigaar aan. 'Hoeveel verkoop je er?' vroeg ie.

' 't Gaat niet zo goed. Niet de juiste buurt hè. De markt is wel dichtbij dus er komt aardig wat publiek langs, en zeker op zaterdag. Dan komen er van die wijven die overal hun auto's met 'n hond op de achterbank dubbel parkeren. Maar ik ben er haast nooit. Met die paar klokjes die er zijn, ga ik op pad. Ik ben directeur, vertegenwoordiger, werknemer en artiest tegelijk, eigen baas zogezegd,' zei hij quasi deftig.

'Heb je daarom dat pak aan?' vroeg Bleeker.

'Ik kan toch niet anders verschijnen,' zei Gerrie. Hij trok z'n jasje wat af. 'Als ik binnenkom denken ze dat ik 'n rijke klant ben en dan weet ik 't zo te draaien dat ze niet teleurgesteld zijn als ze merken dat dat niet zo is. Dan zeg ik dat ik hun zaak dermate hoog acht dat het me beter leek als directeur zelf contact met ze op te nemen. En als 't 'n vrouw is, hè, dan maak ik 'n buiging of kus der hand en als ze 't allemaal leuk vindt, vertel ik over de koetjesklokjes. Toch durven ze niet, die schijterds. Meestal nemen ze er een op zicht en dan bellen ze na 'n paar weken op om te vragen of ik 't op kom halen, omdat 't lijstje is kromgetrokken. Misschien gaat 't beter,' zei hij hoopvol, 'als jij hier bent en 'n voorraadje aanlegt. Dan kan de winkel voor halve dagen open. En we kunnen iets anders bedenken. Ronde modelletjes bijvoorbeeld of effen rooie of oranje voor de boetieks.'

'Ik heb er wel zin in,' zei Bleeker en enthousiast trok ie met een viltstift een horizon.

'Je moet er eerst een wijzerplaat tegenaan plakken,' merkte Gerrie op. 'Om dat gaatje voor de wijzertjes.' Hij nam het glasplaatje uit Bleekers handen en legde het op de grond. 'Laat nog maar even liggen zeg, we gaan 'n broodje eten.'

Buiten praatte Gerrie honderduit over Deukie. Ze werd overal ontslagen omdat ze niks begreep. In z'n eigen winkel had ze 'n keer 'n antiek pistool voor zeventien vijftig in plaats van honderdvijfenzeventig verkocht. Gerrie moest erom lachen. Eigenlijk was ze zielig, vond ie, ze had zo'n rare familie. Iedereen zei tegen der dat ze niks kon. Vooral Deukies vader, een bloemenkoopman met een kunsthand. Als ie ging slaan, schroefde hij eerst die hand eraf en dan sloeg ie met z'n stompie.

Ze liepen 'n stukje over de straat omdat er op de stoep een ijzeren tweepersoonsbed stond dat door een aantal schreeuwende jongetjes als trampoline werd gebruikt.

'Ze tript en ze spuit, daarom let ik 'n beetje op der,' zei Gerrie vaderlijk en begon openhartig en zelfverzekerd als een psychiater over de brokstukken van haar ziel te oreren.

Even later wandelden ze midden in de drukte op de Albert Cuyp.

'Ik heb trek in 'n haring,' zei Gerrie en loodste Bleeker drie kraampjes terug.

'Niet voor mij hoor,' zei Bleeker.

'Neem dan zure haring of 'n bom voor de dorst.'

'Nee,' zei Bleeker en ging vertrouwelijk dichterbij staan. 'Ik heb last van constipatie.'

'Maar dan kan je toch wel eten,' zei Gerrie verbaasd.

Bleeker hield z'n hand gestrekt voor z'n kin. 'Ik raak tot hier verstopt.'

'In haring zit olie,' zei Gerrie. 'Daar gaat 't vast mee over. Dan glijdt 't zo eruit. Ruik maar.' Met twee vingers om het staartje hield ie Bleeker de haring voor z'n neus.

'Echt niet,' zei Bleeker, ' 't enige dat ik naar binnen krijg is iets vloeibaars.'

' 'n Bordje babypap,' spotte Gerrie. Hij haalde de haring door de uitjes en liet 'm tot halverwege in z'n mond glijden.

'Nee, soep bijvoorbeeld,' zei Bleeker.

In het koffiehuis bestelde Gerrie tomatensoep voor 'm.

Bleeker keek ernaar. Het rook zoetig en zag bleek van de koffiemelk.

'Lust je 'n paar balletjes?' vroeg ie toen ie z'n lepel erdoor roerde en voelde dat er minstens tien inzaten.

Toen Gerrie 'm keihard om zoveel aanstellerij uitlachte en verhaalde over soep- en poepballen die in z'n buik caramboleerden en een uitweg zochten, voelde Bleeker een kleur van ergernis opkomen. En hij begon uit te leggen dat ie dat aanbod had gedaan uit vriendelijkheid, dat 't niets te maken had met de stoelgang. Hij zei maar niets meer toen ie z'n verdediging als olie op het vuur zag vallen. Gerrie schaterde zó luid dat de klanten in het koffiehuis en het meisje, dat achter de bar een groot dienblad bekertjes met koffie en thee vulde voor de marktkooplui, nieuwsgierig naar ze keken.

Hij haalde de rommel van de vloer, zette die tegen de muur en ging met een glasplaatje en het benodigde schildersmateriaal aan een wankel tafeltje zitten dat tegen een secretaire in de hoek van de winkel stond.

In dezelfde schamele kledij waarin Bleeker hem de eerste keer gezien had kwam Gerrie de winkel in.

'Voorschot,' zei Gerrie en kletste met platte hand een tientje op het tafeltje. 'Ik rij even naar Zandvoort. Als je ook zin mocht hebben?'

'Nee,' zei Bleeker. 'Ik hou niet van bloot lopen en van zand aan m'n voeten.'

Even bleef Gerrie zwijgend staan toekijken hoe Bleeker 'n hoek van het glasplaatje opvulde. 'Als er mensen komen, Willie,' zei hij, 'die iets willen kopen, dan moeten ze maar met 'n giro betalen. Oké?'

'Oké,' bromde Bleeker.

Gerrie gaf 'n vriendschappelijke slag op z'n schouder. 'Veel plezier dan maar,' zei hij.

'Hetzelfde,' zei Bleeker.

Ik had wel meegewild, dacht ie, toen ie de Chevrolet toeterend hoorde passeren. Langs de rand van de zee lopen, de ene stap in een golfje, de volgende op nat zand. 'n Zwoel windje om m'n oren, diep ademhalen. Zitten aan de voet van een duin, terwijl badgasten zich naar huis repten omdat de kinderen huilden van uitputting en er ook nog gekookt moest worden.

Samen met Gerrie daar wachten tot ze in het verlengde van hun sigaar de zon zagen ondergaan. En pas als het donker was langzaam teruglopen, langs het water dat onder hun voeten wegspatte en door de maan oplichtte.

Hij trapte tegen de tafelpoot. Ik moet mezelf straffen, dacht ie. En hij timmerde met z'n handen tegen z'n slapen, sloeg ze beurtelings zodat z'n hoofd heen en weer slingerde. Toen ie ophield, suisde het tussen z'n oren en voor z'n ogen zat een waas waarin grillige vlekjes omlaag dwarrelden die, als ie omhoog keek, naar boven schoten voor ze langzaam weer zakten.

Onder de kraan liet ie z'n handen afkoelen en duwde ze nat en koud tegen z'n gezicht. Als een eend z'n achterwerk schudde hij de spetters van z'n hoofd. Daarna liep ie terug naar de winkel en pakte het tientje van tafel om 'n laxeermiddel te gaan kopen.

Toen ie de drogisterij uitkwam, stak ie impulsief schuin over naar de bakkerij. Het verkoopstertje dat 'm gisteren tijdens zijn wandeling was opgevallen viel tegen van dichtbij. Haar mond was week en schraal aan de randjes als bij een oude flikker en de punt van haar neus zat zo hoog dat ie midden in de gaten eronder keek.

De vitrine stond vol overheerlijke soezen met of zonder chocola, vruchtentaartjes, roomhoorns, cake in marsepein of glazuur, Deense en Hollandse appelpunten, schuimbollen, hazelnootcarrés en mokkapunten. Maar Bleeker herinnerde zich hun vroegere favoriete gebak zeer wel en vroeg zonder kijken of kiezen om twee puddingtompoezen.

'Maak er maar vier van,' zei hij toen het meisje de eerste in een doosje schepte.

In de keuken schrokte hij met behulp van 'n kop water de laxeerchocola naar binnen.

Nog geen half uur later hoorde hij z'n darmen rommelen. Dat is het begin, dacht ie hoopvol en werkte verder aan het glasplaatje dat ie rond de wijzerplaat van bloemen en bladeren voorzag. Als ie het kastje mosgroen schilderde zou het een mooi beschaafd klokje worden dat Gerrie met trots als representatief voorbeeld aan z'n klanten kon tonen: 'En dit is dan wat onze firma maakt.'

Voor Gerrie thuis kwam wou hij het afhebben. En hij deed er z'n best voor, liet zich niet afleiden door de puttenzuigende geluiden in z'n buik en zoog in z'n concentratie z'n lippen naar binnen. Zo raakte hij niet geheel onverwacht maar wel plotseling in de door de chocola veroorzaakte kritieke fase. De gassen waren tot onder in z'n buik gezakt en oefenden daar een zo grote druk op zijn hol, dat ie geen wind durfde te laten omdat de kans te groot was dat er iets anders mee zou komen. In kromme houding rende hij met kleine pasjes naar de wc, ontsloot zenuwachtig de ouderwetse knoopsluiting van zijn gulp, ging met ingehouden adem zitten en ontspande zich.

Naarstig had ie naar papier gezocht maar hij zag nergens iets hangen of liggen en was, met de broek op z'n hielen, z'n eigen stank ontvlucht. Hij zeepte zijn hand in en waste zich. Gerrie moet nu niet binnenkomen, dacht ie, betrapt worden terwijl ik plas is lang niet zo erg als gezien worden terwijl ik mijn kont was. Dat primitieve deel van mijn lichaam dat zo kan ruften, mij zo'n last bezorgt en zo geplaatst is dat ik 't slechts door middel van een spiegel in z'n geheel kan bekijken.

Toen ie zag dat het binnenplaatsje verlicht werd door de keukenlamp van de bovenburen, besefte hij dat het donker was geworden. Er werd aan een koffiemolen gedraaid en even later werd het geluid ervan overstemd door de nieuwslezer.

Peter ligt in bed, dacht ie. Of misschien houdt Adrie hem langer op zodat ze niet in der eentje hoeft te kijken. Wie van de twee zou het hardst om hem huilen? Hij kon het haar vragen als ie belde. Overbodig, want als ie zei: 'Dag kind, met Willem,' zou ze in de stilte die erop volgde òf gaan huilen, òf zeggen dat Peter hem zo vreselijk miste, òf dat het niets uitmaakte dat ie weg was. In het laatste geval zou ze liegen en kon ie alsnog zeggen: 'Dat zeg je wel, maar ik denk er het mijne van. Hè kindje... wees es eerlijk.'

Hij trok het papier dat op enkele plaatsen tegen de suikerlaag plakte voorzichtig los, tilde een tompoes uit het doosje, plaatste het op zijn linkerhand, duwde het doosje terug in het zakje en frommelde de randen van het zakje als een prul in mekaar. In z'n rechter ooghoek zag ie de telefoon. Ik zie 'm staan, terwijl ik er niet naar kijk, dacht ie, en ik zal er ook niet naar kijken want ik bel niet op. Dat zou stom zijn, dan denkt ze dat ze gewonnen heeft. Al krepeer ik van ziekte, armoe of heimwee, ik zal haar nooit bellen, verdomme.

Hij ging met de tompoes op bed zitten en hapte in het geglazuurde bladerdeeg. De zoetigheid zeurde in z'n linkerkiezen en hij liet de hap stil in het midden van z'n mond liggen tot de pijn weg was. Hij zou, nadat ie de bel twee keer had laten overgaan, kunnen ophangen. Nu geen rare dingen in m'n hoofd halen, dacht ie, maar me concentreren op deze verrukkelijke tompoes. Met z'n vinger lepelde hij de pudding beetje voor beetje op z'n tong.

Bij de eerste bel al zou ze opspringen. Dat is Willem, zou ze denken en terwijl ze bij de tweede bel met bonzend hart over de drempel van de hal stapte en haar hand in de richting van het apparaat bewoog... Ik laat me niet verleiden, dacht ie vastbesloten en om 't zich gemakkelijker te maken at ie de rest van z'n gebakje in de winkel.

Achterin een schoolschrift dat Gerries boekhouding bevatte en dat Bleeker door zijn chaotische opstelling een doorn in het oog was, had ie geschreven: Gebeld! Arend 11; Kabeljauw 1; Joyce 1. Telkens nadat ie de hoorn erop had gelegd en het gesprek genoteerd, verliet ie snel de kamer om aan het klokje verder te werken. Bij iedere auto die langskwam keek ie naar buiten maar Gerrie kwam niet opdagen.

Toen het glasplaatje klaar was verfde hij, op de rug na, het kastje, haalde een koetjesklok van de muur en hing het natte kastje ervoor in de plaats. Met een kwastje werkte hij de vingerafdrukken bij, deed 'n paar passen naar achteren en keek. Prachtig, vond ie, 't moest alleen nog voorzien worden van een uurwerkje zodra het droog was. Fluitend om de voorspoed die hij had mogen ondervinden bij zijn eerste werkstuk poetste hij met een terpentinelap z'n vingers schoon. Het groen onder z'n nagels en nagelriemen probeerde hij weg te krabben met een lucifer. Zonder succes, het meeste bleef zitten en hij besloot er vrede mee te hebben omdat ze niet voor niets vuil geworden waren.

De televisie was afgelopen. Het oude echtpaar boven sjokte naar de voorkamer en begaf zich krakend te bed. Hij deed het licht in de winkel uit. Hier en daar hoorde hij deuren open en dicht gaan en hij zag mensen naar huis lopen en anderen die een slaapneut in Café Fred gingen halen. Begin van een zomerse nacht, mijmerde hij, langs open kroegen en ijssalons slenteren. Hij stak een sigaar op en nam zich voor tot twaalf uur op Gerrie te wachten.

Verward ging ie overeind zitten. Hoe laat was 't in jezusnaam? Wat had ie nou voor kleren aan? Wie bonsde daar zo ongegeneerd op de deur? God, wat was ie de kluts kwijt. De peutlucht bracht 'm tot z'n positieven en hij haastte zich, in z'n vaart z'n heup met 'n knal tegen de bar stotend, naar de winkel.

Piet Kabeljauw tuurde met z'n voorhoofd tegen de ruit gedrukt naar binnen en toen ie Bleeker op zich toe zag snellen, deed ie een stap opzij, danste op zijn voeten en wreef z'n handen in mekaar alsof ie 't koud had.

'Is ie er nou nog niet?' vroeg ie toen de deur nog maar op 'n kier was.

Bleeker schudde geeuwend zijn hoofd.

'Waar is ie dan?' vroeg Piet ongeduldig.

'Hij is vanmiddag naar Zandvoort gegaan,' zei Bleeker op half volume.

'Hè wat, Zandvoort? Godsklere, waar hangt die kerel uit?'

Uit de grote witte Jaguar die midden op straat stond te draaien stapte een lang onguur type. 'Accu terug!' beval hij de hond die achter 'm de auto uitsprong. Zwijgend kwam ie naast Piet staan.

'Hij is er niet, Loek.'

'Waar is ie dan?' vroeg Loek en keek Bleeker loensend aan.

'Dat weet ie niet.'

'Kan ik een boodschap overbrengen?' vroeg Bleeker timide.

'Vraag maar of ie me belt,' zei Piet, 'en als ik er niet ben moet ie Arend of Barendje maar bellen.'

Zonder een woord liepen ze terug naar de auto, stapten ieder aan een kant in en trokken tegelijkertijd aan de portieren die, hoe anders dan de kneusjes in deze buurt, met een zachte plok dicht vielen.

Hij noteerde hetgeen hem gevraagd was en legde het schrift open naast de telefoon. Even bellen? dacht ie. Van de eerste of tweede bel zou ze wakker worden, bij de tweede of derde uit bed stappen, bij de derde of vierde de slaapkamer uitrennen en bij de vierde of vijfde pas aannemen.

Hij draaide zich naar het andere verleidelijke object: de drie overgebleven tompoezen. Daar moest ie maar aan toegeven, als Gerrie thuis kwam konden er beter twee dan drie zijn.

Toen ie 'm ophad, veegde hij de kruimels van z'n broek en ontdekte dat er een brandgaatje boven aan de zijkant van z'n dij zat. Hij voelde er met z'n pink over en herinnerde zich de sigaar waar ie mee was gaan liggen. En ja, daar lag ie naast 'm, geknakt, nog niet half opgerookt. Hij plukte aan de schroeiplek op de deken en liet vervolgens z'n broek zakken om te zien of ie wellicht een blaar had. Na lang zoeken onderscheidde hij een rose vlekje en hij besloot maar weer te gaan slapen. Omdat de afgezakte broek hem belemmerde z'n voeten op te trekken en hij het zinloos vond de broek weer op te halen, peuterde hij ver voorover gebogen z'n schoenen los.

Hoe moeilijk, hoe vreselijk moeilijk was het wanneer een besluit werd tegengewerkt. Hij schoof van z'n linker- op z'n rechterzij en weer terug, trok z'n rechterbeen omhoog, z'n linker, draaide het kussen om, in iedere positie z'n ogen dichtknijpend tot ie er pijn van in z'n oogleden kreeg.

Toen de klokken in de winkel binnen een tijdsbestek van vijf minuten één uur hadden geslagen, trapte hij de dekens van zich af en stond op. Zonder verder te piekeren draaide hij Den Haag. Hij voelde het bloed kloppen tot in z'n polsen, meer van tegenzin en een slecht humeur dan van de angst antwoord te krijgen. Bij de eerste toon zag hij de hal voor zich met het nachtpitje boven de kapstok en de tomaatrood geschilderde deuren. Vier was de afspraak, dacht ie bij de volgende toon en wachtte.

'Mevrouw Bleeker,' klonk het plotseling in z'n

oor. 'Willem ben jij...'

Hij duwde de haak in. ' 't', vulde hij zelf aan.

Met trillende knieën liep ie terug naar het bed. 'Willem ben jij 't, Willem ben jij 't.' Z'n lichaam voelde de kreukels in de lakens niet meer. 'Willem ben jij 't, Willem ben jij 't,' als een plaat die onder zijn schedel in een groef bleef steken. Hij schudde zijn hoofd, maar geen gat waar de zin uit ontsnappen wou. Hij legde het kussen op zijn hoofd: 'Willem ben jij 't,' nog luider, als door een badtoeter. Dan begon ie te zingen, maar dat gaf het effect van een slecht afgestemde zender. Opnieuw begon ie te woelen.

'Marietje?' had ie gevraagd aan het roodharige meisje dat, met een schoudertas om, tussen de loopplank en de kassa heen en weer liep. Ze keek naar z'n gezicht en wist wie hij was. 'Willie hè? M'n moeder heeft me over je verteld.'

Ze had 'm voorgesteld mee te gaan, *Canal Sightseeing for 1¼ hour*, en had 't 'm zelfs voorgeschoten.

Hij zat achterin aan het raam naast een dikke Duitser die er hulpeloos uitzag door een zakdoek met vier knopen die hij op z'n hoofd had gelegd. Regelmatig duwde hij die dikke malle kop voor 'm langs om vooral niets te missen.

Bleeker keek nu eens opzij, dan weer naar Marietje die tegen de voorruit zat. Soms keken ze elkaar aan en dan draaide hij zijn gezicht opzij terwijl Marietjes informaties in drie talen met een Amsterdams accent ononderbroken door de luidsprekers klonken. Huilend rende een klein jongetje, gevolgd door z'n moeder, over het middenpad omdat ie z'n blazertje niet aan wou.

'Now isn't that a high class building?' zei de oude Amerikaanse tut die voor hem zat tegen haar bejaarde dochter. 'Yes yes,' mompelde die met haar onder de lippenstift gesmeerde en besnorde hazenlip.

Ze keken hun ogen uit op de boten met hippies, katten en kippen.

'Na, was ist denn das?' wees de Duitser op de Montelbaanstoren.

'Montelbaanstoren,' zei Bleeker.

'Ja, aber was macht es?'

'Wasser eh die Frau,' wees Bleeker naar Marietje, 'soll es besser wissen.'

'Nein danke, ich verstehe,' zei hij en knikte vriendelijk.

'Schön schön,' gromde hij wanneer de boot toeterend onder een brug doorvoer.

Toen de rondvaart voorbij was en de groep de loopplank afliep, zag Bleeker hoe hij Marietje met 'Bitte bitte Fräulein' iets in de hand stopte.

'Ik heb een koffieblik vol,' zei Marietje, 'en ik weet niet hoeveel het is, want dat moet een verrassing blijven voor als het seizoen is afgelopen.'

Ontroerd keek Bleeker haar aan en stelde zich voor hoe ze de kwartjes en guldens stapelde. Ze leek niet op haar moeder, die rooie bos haar alleen al, en zo'n fijn gezichtje waarin 'n paar omlijnde ogen hem onder een lange krullende pony vragend aankeken. Wat kon ie zeggen? Wat kon ie vragen? Bevalt dit werk je Marietje, je vindt het zeker wel vervelend om iedere keer hetzelfde te zeggen? Verlegen stond ie te glimlachen, z'n vingers wriemelend, de neuzen van z'n schoenen naar elkaar gedraaid.

Hij slikte en schraapte zijn keel: 'Kom je vaak bij je moeder?'

Ze keek naar de boot en sloeg haar armen over elkaar. 'Niet zo vaak,' zei ze. 'Ze is hardstikke gek weet je.'

'Ja,' zei Bleeker.

'Ik moet nog een keer rond vandaag,' zei ze. 'Als je wilt kan je me straks komen halen.'

'Ja,' knikte Bleeker heftig, 'dat is goed ja.' Hij schoof z'n handen onder de rand van z'n broek alsof ie z'n hemd instopte.

'Tot zo dan,' zei Marietje. Ze twijfelde even en pakte hem plotseling bij zijn bovenarm. 'Ben je 'n beetje ziek?' vroeg ze bezorgd. 'Je hebt zulke kringen onder je ogen en je zat soms zo te bibberen toen we aan boord waren.'

'Ik heb slecht geslapen,' zei Bleeker eerlijk. Had

ie geen gruwelijke nacht achter de rug? Uren had Adries stem door z'n hoofd gespookt, in allerlei variaties: 'Willem ben jij 't, jij Willem ben jij 't, Willem dag Willem, hallo ben jij 't Willem.' En zo vreselijk had ie in bed liggen draaien dat ie zich als een mummie in de dekens had gerold.

Hij zag hoe Marietje naar 'm keek. Ze heeft me door, dacht ie, net als dikke Annie. Maar Marietje vroeg niet waarom, suggereerde niet dat ze het wist.

'Oh,' zei ze.

Het begon te waaien, nu en dan schoof er 'n wolkje voor de zon dat de mensen op terrasjes verstoord omhoog deed kijken.

Je droogt uit en je kan niet fatsoenlijk kijken door die zon, dacht ie toen ie 'm na een kortstondige schaduw over de Nieuwendijk weer in z'n ogen voelde prikken. Je krijgt er rimpels van. Hij sloeg een steeg in en passeerde een man die een stofzuiger in een vuilniszak sjouwde.

In het postkantoor sloot ie aan bij een rij toeristen. Zeker een kwartier moest ie wachten voor ie die ene postzegel had die hij op de bij de Hema gekochte poesjeskaart kon plakken. Met een aan 'n kettinkje bevestigde balpen schreef ie: Peter Bleeker, vulde zijn adres in en zette met duidelijke letters in de hoek: Papa. Buiten liet ie de kaart in overige bestemmingen glijden. *Man verlaat in overspannen toestand kantoor; Duikers vorsen naar W.B. op bodem van Troelstrakade*, berichten en pogingen konden achterwege gelaten worden wanneer Adrie, zo ze was gaan twijfelen of hij het wel was die haar uit haar slaap had gebeld, maandag die kaart op het matje achter de deur vond.

Graaiend in de punt van zijn zak stapte hij de telefooncel binnen. *13760 is het nummer van lul flauwekul* stond dwars over deel VII, S-Z. Hij streek de krantesnipper waarop ie Gerries nummer genoteerd had, glad en draaide. Vrijwel onmiddellijk werd er opgenomen en hoorde hij het nummer dat ie gedraaid had noemen.

'Hallo Gerrie? Met Willie,' zei hij weifelend.

'Hee,' zei Gerrie. 'Lang niet gezien zeg, waar zit je?'

'Achter het paleis,' zei Bleeker.

'Ik kom eraan,' zei Gerrie.

'Dat hoeft niet,' zei Bleeker, 'ik wou alleen maar weten of je er was. Ze deden gisteren zo eigenaardig, die Piet en die Loek. Heb je m'n notities gevonden?'

'Toestanden toestanden man,' zei Gerrie en Bleeker hoorde hem grinniken. 'Ik ben in vijf minuten bij je.'

'Nee,' protesteerde Bleeker maar Gerrie interrumpeerde hem: 'Die tompoezen zijn zuur Willie, ze lopen als water de doos uit. Ik zal wel iets beters meenemen, tot dalijk.'

Hij had niet voor niets geprobeerd Gerrie ervan te weerhouden 'm op te pikken. Het vage voorgevoel dat z'n afspraak met Marietje in het water zou vallen bleek juist; om half zes reden ze met negentig kilometer door de IJtunnel. Toen ze het diepste punt gepasseerd waren begon de radio zacht te sputteren en bij het verlaten van de tunnel klonk ineens oorverdovende muziek. Geschrokken draaide Bleeker aan de knoppen.

'Zitten ze er nog?' vroeg Gerrie die vluchtig en vaak in z'n spiegeltje loerde maar niets ontdekte.

Bleeker draaide zich om. 'Ze komen de tunnel uit op de rechterbaan.'

'Mooi zo,' zei Gerrie en gaf vol gas.

'Je mag hier maar zeventig,' zei Bleeker.

Gerrie passeerde iedereen, negeerde het knipperend waarschuwingsteken voor een naderend stoplicht, scheurde langs het bord 50 en reed op het nippertje door het oranje licht.

Krampachtig hield Bleeker zich vast aan z'n stoel en hield zich gereed om zijn benen op te trekken in geval een botsing onvermijdelijk leek. Tijdens de luttele seconden waarin Gerrie vaart minderde om linksaf te slaan, veegde hij z'n hand over z'n voorhoofd en smeekte: 'Asjeblieft... niet zo hard.'

'Zitten ze er nog?' vroeg Gerrie alleen maar en trok zo hard op dat Bleeker zich tegen z'n stoel voelde gezogen. 'Ik vroeg of je zachter wou rijden,' riep hij met overslaande stem.

'Nog eventjes,' schreeuwde Gerrie terug. En het was eventjes, maar hoe. Sling slang ging ie over die dooienweg, inhalend, tegenliggers snijdend en met zo'n scherpe bocht weer op de rechterweghelft belandend dat z'n wielen bijna in de berm raakten. Plotseling echter remde hij af en sloeg met piepende banden Ilpendam in. Eenmaal op de klinkertjes schakelde hij terug naar z'n drie en reed rustig de propere straatjes door waar een ouwe man zijn pijpje stopte en een hond, gewend aan weinig en langzaam verkeer, sukkelig de benen nam.

'Geen Volkswagen die mij nu nog inhaalt,' zei Gerrie.

Bleeker sloeg een blik op z'n horloge en zweeg.

'Gisteren zaten ze al achter me aan. Ik ben er helemaal voor naar Zaandam gereden. Ze staan te posten op de hoek, ik heb ze wel gezien. Hahaha, een Volkswagen,' lachte hij min.

'Ik heb anders niks gemerkt,' zei Bleeker. 'Wie zegt dat die wagen achter jou aanzit? Er zijn er zo veel van. Als je oplet zie je er iedere minuut wel een.'

Via een bol bruggetje stuurde Gerrie de auto een dijk op waar zich aan weerszijden polderland uitstrekte met koeien en schapen en rijke boerenhuizen. Tussen twee wilgen parkeerde hij in. Die doet of ie doof is, dacht Bleeker, die gaat zitten of ie alle tijd heeft om gezondheid te ademen en op een grasspriet te kauwen. Het heeft geen enkel nut gehad dat ie me is komen halen, ik ben stom dat ik ben ingestapt. Hij leunde op z'n ellebogen en keek mokkend over het weiland. Boven de bomen in de verte hing een nevel.

'Ik zal 't je uitleggen,' zei Gerrie. 'Ik zal kort wezen.' Hij keek opzij. 'Willie?' vroeg ie maar Bleeker zei niks.

'Ach laat ook maar zitten,' zei Gerrie en spuwde de grasspriet tussen zijn knieën. 'Ik heb er niets mee te maken,' begon ie opeens en legde onschuldig zijn hand op zijn borst. 'God mag weten wat die idioot van een Arend heeft gezegd, maar ik zweer je Willie, ik ben onschuldig als een kind, ik heb er geen ene moer mee uit te staan. De anderen hebben nergens last van. Barendje is gisteren naar Scheveningen gegaan en vanmorgen zonder moeilijkheden weer naar Amsterdam gereden. Achter Piet z'n Jack zit ook niemand aan, ik begrijp er geen sodemieter van, het lijkt godverdomme wel of die Arend wat tegen me heeft. Hij kan mooi de tyfus krijgen, die rat.'

Ze zwegen. Gerrie rukte een verse grasspriet uit en keek peinzend voor zich uit. Ook Bleeker keek de wei in, maar hij lette niet op de koeien, de wolken, de regen die naderde, hij hoorde geen kikkers, geen reiger die schreeuwde. Wanhopig probeerde hij aan Marietje te blijven denken maar ze ebde weg alsof ze nooit had bestaan.

'Hee Willie,' stompte Gerrie 'm aan, 'het lijkt wel

of je koorts hebt man.'

En toen Bleeker langzaam zijn hoofd schudde keken ze weer voor zich uit en zagen een boer met grote passen naar een roerloos in de wei liggende koe lopen.

'Als je maar zegt dat ik gisteren om elf uur nog in bed lag,' zei Gerrie. 'Wil je dat voor me doen Willie, als ze erom komen vragen?'

'Ik zal 't zeggen,' zei Bleeker.

Gerrie keek omhoog en stak zijn hand uit. 'Ik dacht dat ik iets voelde,' zei hij. 'We moesten maar es opstappen en 'n hapje gaan eten.'

'Hij was toch niet dood?' durfde Bleeker te vragen toen ze de grote weg opdraaiden.

Gerrie barstte in lachen uit. 'Je gaat je toch niet sappel maken om 'n koe,' zei hij. Maar verder was ie aardig en reed z'n makker, die ongelukkig staarde naar de pap van regen en onweervliegjes, op 'n zacht pitje terug naar Amsterdam.

KC woonde in de Reinwardtstraat. Het pand was verzakt, de deur was kaal getrapt en de ramen hingen scheef in vuilgrijze rottende sponningen. Achter het rechterraam van de eerste verdieping hing een gedroogd boeket rozen dat stamde uit de tijd dat KC nog een dame in lange jurk naar een corpsbal vergezelde. Beneden was de garage waar Piet Kabeljauw lapte en handelde. Piet verdiende er genoeg aan en zou er een flat op na kunnen houden, ware het niet dat ie liever in het achter de garage gebouwde dagverblijfje sliep. Dan kon ie eenvoudiger aanlopen bij KC of Johnny en Wilson, twee negers die boven KC woonden. En hij kon z'n Jaguar in de gaten houden. Bij gebrek aan ruimte duwde hij er 's nachts met zijn bezopen kop de auto van een klant voor naar buiten want hij kon het beminde mobiel niet overgeleverd laten aan regen en krassende kinderhanden. Bovendien had Piet klanten die vonden dat ie méér dan genoeg verdiende. Zoals Gerrie horloges repareerde met de stofkwast, zo reviseerde Piet door een spuitje olie te geven en de schroeven aan te draaien. Als er iemand terugkwam na zo'n beurt, veegde Piet nadenkend zijn handen aan een lap en zei: 'Hij is eigenlijk helemaal rot. Ik heb gedaan wat ik kon, alleen de bougies zijn om zo te zeggen nog goed.' En als zo'n klant sip keek zei hij: 'Nou heb ik nog wat staan. Eigenlijk wou ik er zelf... maar het is ook wel lullig, wat had u ervoor betaald als ik vragen mag? Veel te veel voor zo'n schijthuis.' En dan noemde hij na enig gepieker en gestuntel een prijs voor het puikje dat ie te koop aanbood en daar liepen ze bijna allemaal in. Was het niet na een dag, niet na een week, dan was het in ieder geval binnen een maand dat zo'n koper terugkwam. 'U kan niet rijden,' zei Piet brutaal en als het slachtoffer niet akkoord ging omdat een gebroken as, of een bodem waar ie doorgezakt was, daar niets mee te maken kon hebben, dan was Piet blij dat ie achter woonde en wraaknemingen kon voorkomen.

Gerrie had z'n best gedaan. Hij had Bleeker meegenomen naar een Spaans restaurant waar gastarbeiders en hun landgenoten, die in het naburige Zeemanshuis bivakkeerden, zongen en klapten bij non-stop Spaanse muziek. In deze ontspannen sfeer die morsen toeliet, had Bleeker slechts enkele happen van de Zarzuela door z'n keel gekregen.

Van dit beetje voedsel had ie uren later nog hete oprispingen. Hij had het bier en de borrels die KC hem aanbood afgeslagen, had na veel aandringen een glaasje tonic toegestaan en zat nu eenzaam in een riante rode pluchen crapaud van dat frisdrankje te nippen. Hij staarde naar zijn dijen of keek naar een student die met collega KC babbelde en een glas bier in de hand hield. Z'n vrouw krijgt een kind of heeft er een waar ze op moet passen, dacht Bleeker met een blik op de jongen zijn trouwring. Of hij is verloofd, dat komt ook in betere kringen voor. Adrie en ik zaten die zondagmiddag dat we ons verloofden de hele middag op de bank. Ik had een nieuw kostuum aan en zij een marineblauw mantelpakje. 's Avonds werd een extra tafel aangeschoven omdat we met z'n twaalven aten. Een halve kip per persoon was er – de pannen stonden vol botjes – en toe een glijpuddinkje met slagroom waar haar moeder me een kledder extra van gaf. O dat vreselijke mens, altijd stopte ze me vol. 'Willem, jij lust nog wat; Jij mag best wat aankomen; Speciaal voor jou in huis gehaald.' Ja, dan moest ie wel. Als ie over die toestoppertjes onderweg naar huis foeterde zei Adrie dat haar moeder het goed bedoelde en dat het vast kwam omdat ze altijd zo graag een zoon had willen hebben. Alsof dat alles goed praatte. Een mens moest niet zomaar een kind willen.

Johnny en Wilson kwamen binnen met een mager wijfje. Ze trok haar regenjas uit en wandelde in haar pijperokje naar de kastdeur waar ze de jas aan de knop hing. KC liep naar de negers toe en vroeg of ze niet de bonkabonkatrommeltjes bij zich hadden waar ze 'm 's avonds mee van z'n werk hielden zodat ie zich genoodzaakt zag de beschaafde Beethoven te draaien. De student liep nu ook naar de achterkamer. En daar stonden ze dan met z'n allen: Gerrie, KC, Piet, Barendje, de student met z'n bier, en de negers met hun scharminkel. Straks kijken ze allemaal naar mij, dacht Bleeker, naar die man die in z'n eentje in de voorkamer zit. Hij dronk z'n glas leeg en draaide z'n hoofd naar het bureau.

Uitnodigend als een opengeslagen piano stond er een schrijfmachine met een ingedraaid velletje papier. In zijn binnenste zag ie zichzelf lopen over de afdeling. Op de achtergrond hoorde hij de typistes en het geratel van de telex. Hij liep het laboratorium in. Kruijer zat met twee vingers te tikken, Tegelaar wreef aan het streepje haar over z'n kale kruin en vroeg, zonder zich om te draaien, de kartonstijfte van de laatste Verkadeorder.

Met een schok kwam hij tot de werkelijkheid terug. Hij wist het nog: na vierhonderdvijfentachtig gram tegengewicht was het reepje karton geknakt. Zonder erbij na te denken zette hij het glas aan zijn mond. Een bittere druppel viel op de punt van z'n tong.

'Willie,' hoorde hij Gerrie zeggen, 'ik moet nog even weg voor 'n afspraak.' Bleeker stond op. Gerrie knikte goeiig. 'Je vermaakt je wel, hè?'

'Waar ga je naar toe?' vroeg Bleeker.

'Even kijken in de Gerard Dou of Deukie er zit. Ik had om elf uur met 'r afgesproken.' Gerrie keek naar een door hemzelf vervaardigd klokje dat boven KC's bureau hing. 'En 't is al bij enen.'

'Je kon toch niet naar huis?' merkte Bleeker op.

'Misschien had je wel gelijk,' zei Gerrie. Hij bewoog ongeduldig alsof ie moest plassen. 'Misschien was 't steeds 'n andere Volkswagen. Ik heb toch niks op m'n geweten, waar zou ik bang voor moeten zijn?'

Ze keken elkaar aan. 'W‹ hebben toch lekker buiten gezeten,' zei Gerrie. 'Buitenlucht maakt hongerig. Dat jij nou rondloopt met een kurk in je reet.'

'Dat gaat al weer,' mompelde Bleeker.

'Mooi... des te beter. Maar nou moet ik gaan. Deukie heeft 'n teer gemoedje, begrijp je wel. Als ik helemaal niet kom duurt 't weken voor ze me weer aankijkt en ze heeft 't al zo moeilijk.' Hij grinnikte en kneep geniepig in z'n neus. 'Vannacht hield ze m'n lul vast en toen zei ze: 't is net 'n Egyptische sigaret.'

Bleeker hoorde zichzelf 'n geforceerd hortend lachje slaken.

'Ja, dat is mooi hè,' zei Gerrie en grijnsde even zijn tanden bloot. 'Haal nog wat te drinken Willie, ik ben zo terug,' zei hij en met haastige pasjes verliet ie de kamer. Bleeker hoorde hem de trap afrennen en onderaan een sprong nemen.

De wandelende tak die luisterde naar de naam Coba, zat op Piet z'n schoot te kirren en te giechelen van dronkenschap en de aandacht die haar door de omringende heren geboden werd. Echt vrijgezellen onder mekaar, dacht ie terwijl ie het gangetje inliep. De een verzon voor dat mens een nog verrassender compliment dan de ander en ze hadden de grootste lol en schonken mekaar almaar bij. Hij ontweek de met een vaart opengeworpen wc-deur.

'Aha,' zei KC die naar buiten kwam. 'Beste vriend, iets sterkers zal je goed doen.' Hij sloeg zijn arm om Bleeker en voerde hem de keuken in.

'Een pint bier, een neut Drambuie, wat dacht je

van een vorstelijk glas Bacardi?' Hij tilde een twee en een halve literfles van de grond en zette die met 'n bons op tafel.

'Ik had liever iets fris,' zei Bleeker.

'Puur en fris dit,' zei KC en tikte liefkozend tegen de buik van de fles.

'Zonder alcohol.'

'Geen lol,' viel KC in. 'Ik weet het prima gemaakt goede vriend. Eééven uit de weg.'

Bleeker drukte zich tegen de gootsteen en keek op KC's rug. Zijn overhemd zat midden in de boothals van zijn interlock tegen zijn rug geplakt en in de buurt van zijn oksels waren grote natte plekken. Bleeker voelde de rand van de granieten gootsteen koud in zijn billen optrekken. Het was hem niet onaangenaam, hij hoopte alleen dat ie niet op water zat.

'Hatsakidee,' riep Barendje in de gang en wuifde in een toedeloe zijn hand voor zijn gezicht. 'KC... of je even komt bamzaaien.'

'Mokkel Coba?' vroeg KC terwijl ie in het voor Bleeker bereide drankje roerde. Barendje wapperde nog eens en maakte vervolgens met die grote hand het gebaar van pijpen.

'Juist ja,' zei KC. Glimlachend nam ie een slokje, deed 'mmmm' en overhandigde Bleeker het glas. 'We loten om Coba, als je zin mocht hebben, m'n beste,' zei KC en keek Bleeker aan met zijn pretogen, die extra glommen door het peertje boven het aanrecht dat in zijn bril weerkaatste.

Barendje won. Piet werd tweede, KC derde en Johnny die een sigaar rookte, een tint lichter dan zijn huid, vierde. Wilson was naar bed gegaan, de student verschool zich achter de *New Scientist*. Ook Bleeker had zich wederom teruggetrokken in de voorkamer. Toen ie Coba dronken op tafel had zien zitten en zag hoe haar rok tot aan haar heupen was opgetrokken, bekroop hem het afschuwelijke vermoeden dat het om iets ernstigs en smerigs ging waar Coba notabene zelf van op de hoogte was, gezien het wellustige gezicht en de onsmakelijke houding waarmee ze op die vreemde zitplaats zat, eigenlijk half lag. Hij had dan ook ferm van nee geschud tegen Johnny toen die hem de voor het bamzaaien benodigde lucifers voorhield, en zich met gemengde gevoelens bij de student gevoegd. De student hield het tijdschrift voor zijn gezicht en loerde er af en toe stiekem langs. 'Water on Mars?' las Bleeker. Met een schuin oog zag hij hoe Coba achterover zeeg en hij nam een flinke slok van de naar taaitaai smakende cocktail.

Een regenvlaag kletterde tegen de ruiten. Hij huiverde. 'Gezellig binnen als 't buiten zo regent,' zei z'n moeder altijd en als ze hem chagrijnig in haar nabijheid ontwaarde, zei ze: 'Als je 't niet leuk vindt knul, moet je lachen. Dan word je vanzelf vrolijk.' Een van die opmerkingen die ze quasi opgewekt kon zeggen boven de damp van warm eten of van een strijkijzer dat siste op een natte lap.

'Hallo,' riep de student ingehouden.

Coba was bezig haar broek uit te trekken. Bleeker voelde zich onpasselijk worden en na een blik op haar bleke pezige benen die stijf spartelend als geitepoten uiteen gingen en, onder een luid geroep en gelach van de bamzaaiers, een miezerig zwabbertje onthulden, stond ie abrupt op. In de gang wankelde hij omdat ie te snel was opgestaan. Duizelig liet ie zich op de enige keukenstoel vallen. Na een dozijn rustige ademhalingen schonk ie een glas wijn. Met z'n pink viste hij de kurkdeeltjes van het oppervlak en goot gulzig in één slok de helft van de lauwe sloot door z'n strot.

Aangezien de beaujolais koppiger was dan de prijs op de fles deed vermoeden, voelde de binnenkant van z'n mond al snel zo droog dat ie zonder nadenken een volgende flinke slok nam en zelfs zijn glas opnieuw vulde. Tegen de tijd dat de bodem van dit glas zichtbaar werd raakte hij wat doezelig en verslapte het gevoel in een nachtmerrie beland te zijn. Ik wil niet weten wat daar in die kamer naast me gebeurt, dacht ie nu. Ik wil me niet voorstellen hoe ze het doen want ze zullen er stuk voor stuk wel over heen gaan. En die student is zich er natuurlijk ook mee gaan bemoeien.

Die jongen, ha, met de broek op z'n schoenen,

pukkels op z'n billen, 'n trouwring aan z'n hand, ha, ik wil er niet aan denken, ook niet dat ik... ook al zou ik... ook al is het de vierde nacht zonder Adrie en wou ze er de week ervoor niets van weten, het kreng. Als ik tegen haar aanschuif, doet ze of ze slaapt maar ondertussen schuift ze stiekem 'n stukje verder. Ik kan er natuurlijk niks van, anders zou ze er zelf om vragen. Of niet? Of wel? Adrie op de tafel, ha, van die moest alles onder de dekens, met het licht uit, en als het afgelopen was trok ze haar nachthemd naar beneden.

Het was rustig in huis. Hij duwde zijn oor tegen de muur maar hoorde slechts een vaag gemompel. Het kon ook niet waar zijn, zoiets weerzinwekkends deden ze toch niet tegenover mekaar. Barendje was getrouwd, Piet hield meer van auto's, die neger, ja, dat was mogelijk, maar KC... nee dat was te gek, zo'n echte student die een onderhemdje droeg. Hij kreeg slaap. Als ie Gerrie niet gebeld had, had ie nu naast Marietje kunnen liggen. Ze rook vast naar bloemetjes en had schone lakens. Hij zou op de linoleumtegels van KC's keuken kunnen slapen, overal, maar niet op deze stoel met houten leuning die pijn deed aan zijn rug. Het was al ruim drie kwartier sinds Gerrie zei dat ie terug zou komen. Hij wipte tegen de muur en legde z'n voeten over elkaar op het aanrecht. Die komt niet meer, dacht ie, die vergeet me als ie iets anders om handen heeft. Wat moet ie met me? Ik ben geen scharrelaar, souteneur of student, ik ben een man met een gezin, een man die een gewoon autootje heeft waar ie door de week geen kilometers mee maakt. Ik eet smakelijk als ik een prak met 'n kuiltje jus voor m'n neus heb.

Hij staarde somber op een voorraad van twintig pakken koffiefilters, ging rechtop zitten, leunde zijn hoofd zwaar in z'n handen en tuurde tussen z'n voeten. Langzaam gleden z'n armen opzij en schoksgewijs zakte z'n hoofd tot het op z'n knieën rustte.

En zo was het dat Barendje hem vond en hem wakker schudde.

'Je kan wel bij mij komen slapen,' zei Barendje. 'Ik heb 'n groot huis in Scheveningen. Hee, word es wakker joh.'

Lodderig keek Bleeker omhoog. Hij kwijlde een beetje uit zijn mondhoek.

'Voorlopig gaan ze hier nog door,' zei Barendje. 'En wat maakt 't uit? Ik rij morgen toch weer terug.'

De zachte, naar nieuw leer ruikende fauteuil in Barendjes Mercedes was een weldaad voor de onzichtbare wonden die de keukenstoel had aangericht. Zijn hoofd leunde ontspannen tegen een hoofdsteun en zijn voeten rustten op de schuin oplopende, hoogpolig beklede bodem onder het dashboard.

'Zo,' zei Barendje terwijl hij het bandje van een dikke sigaar schoof, 'daar gaan we dan.' Hij stak de sigaar aan, stopte de zilverkleurige aansteker in de zak van zijn suèdejasje en trok aan de startknop. Vrijwel geluidloos zoefde de wagen de Reinwardtstraat door, langs het Oosterpark, over het natte asfalt van de Sarphatistraat en de Weteringschans.

'Er zal wel geen razzia wezen,' zei Barendje op de Overtoom. 'Daar zoeken ze beter weer voor uit. Voor mij maakt het trouwens geen verschil, die smerissen loodsen me zo de fuik uit. Nooit geen last. Ook niet overdag. Als je maar in 'n dure nieuwe auto rijdt. Want ik ga wel eens met 't Peugeotje van m'n vrouw of met dat hok van KC maar mooi dat ze me dan aanhouden. Als 't nog vroeg is zeg ik: "Goedendag heren, nu al controle naar dronkenschap? Nou, ik heb niet gedronken hoor, ruikt u maar." '

Met wijd open mond liet ie Bleeker zien hoe hij zijn adem in het gezicht van een agent stootte. 'Bekijkt u 't verder maar op uw gemak. Zal ik alvast even op de claxon drukken, de ruitenwissers aanzetten, de handrem?'

Bleeker keek naar buiten en las: *Twijfel niet. God is er.*

'Piet heeft hetzelfde,' ging Barendje verder, 'met die Jack. Werd alleen 'n keer aangehouden om te weten of ie wegenbelasting had betaald. Heren, zegt Piet, kijk nou es naar m'n auto, dacht u dat ik die paar tientjes niet zou kunnen missen?' Barendje lachte. 'Stelletje imbecielen.'

Zwijgend reden ze Amsterdam uit.

'M'n schoonzuster is met zo'n bink getrouwd,' vertelde Barendje ter hoogte van Schiphol. 'Nou wou die het aquarium schoonmaken en toen gooide die sukkel pure chloor in het water. Ffff gingen ze allemaal naar beneden.'

'Ontzettend,' zei Bleeker en keek slaperig naar 'n vliegtuig dat daalde.

'Ik kan niet slapen als ik honger heb,' zei Barendje. Hij schrapte met een mes het gestolde vet van de rollade, sneed een paar flinke plakken en legde die tussen vier opengesneden zachte bolletjes.

'Wil jij ook?' vroeg hij toen ie tomatenketchup op het eerste broodje gutste.

'Nee,' zei Bleeker, 'geef er zo maar een.'

'Je slaapt in de voorkamer,' zei Barendje met volle mond. Hij wees naar de muur waar Bleeker voor stond. 'Daar ben ik op 't ogenblik mee bezig.'

Bleeker draaide zich om en zag 'n Nederlandse landkaart waar met grote rode letters SOS overheen was gedrukt.

'SOS Holland,' zei Barendje. 'Verkoop ik voor 'n meier aan iedere rijke idioot die wil laten zien dat ie wat aan de milieuvervuiling wil doen. Naast Hou Holland Schoon zet ik met letraset de naam van de dokter of de firma. Nooit gezien? Ze hangen bijna in iedere wachtkamer.'

'Mooie bisnis,' zei Bleeker.

'Je moet altijd gebruik weten te maken van het juiste moment,' zei Barendje en keek Bleeker onderzoekend aan. 'Je doet me denken aan ene Piepeltje.' Heimelijk lachte hij achter z'n broodje. 'Die heette Pierre en had 'n bar in de Korte Leidse. In die tijd verkocht ik tegeltjes waar ik geveltjes van bepaalde zaken op liet drukken. Zoals dat gaat hè, de ene tent ziet 't van de andere; ik kon wel bij de telefoon blijven zitten, zo goed gingen die krengen. Piepeltje wou ze dus ook. Maar toen ik 'm tweehonderd stuks kwam bezorgen wou hij pas over 'n maand betalen. Afspraak is afspraak, contant betalen en nu, anders laat ik ze vallen, zei ik. Piepeltje weer tegensputteren, nou, toen liet ik ze vallen. Zeker de helft kapot. Piepeltje stond bijna te janken maar hij moest betalen want 't was z'n eigen schuld.'

'Ja,' zei Bleeker. Barendje was te groot en indrukwekkend om ooit ongelijk te krijgen.

Toen Barendje de rollade in de koelkast terugzette, stopte Bleeker razendsnel de rest van het broodje in z'n jaszak. Gerries jasje, dacht ie, Barendjes huis, er is weer niks van mij bij.

Het zonlicht vlekte over het plafond en gleed waterig weer weg. Z'n horloge wees kwart over zes. Hij duwde het tegen z'n oor. Het tikte. Z'n voeten voelden versteend. Hij begon ze langs elkaar te wrijven maar het droge ruwe geluid gaf hem kippevel. Z'n handen namen de kou uit z'n voeten over toen ie er in kneedde. Gedachteloos begon hij zich aan te kleden. Hij vouwde z'n beddegoed, keek naar een verguld autostuur dat aan de muur prijkte en liep op z'n tenen het huis uit.

Op het Gevers Deijnootplein hield ie het jasje gesloten onder z'n kin. De wind kroop door z'n mouwen en blies z'n haar tot stekels. Zo dicht mogelijk liep ie langs de bowling, restaurant Kersjes, en de snackbar waar ie zaterdagsavonds wel eens saté haalde. Alles potdicht.

Over de boulevard rolde 'n stuk papier, dat met 'n ruk werd opgenomen en blindelings op en neer vloog tot het tegen een lantaarn klapte. Ook hier alles uitgestorven. Winkeltjes en ijs- en haringtentjes waren gerolluikt, ligstoelen in stapels terzijde gezet. Onder aan de voet van de basaltblokken waaide zand over het aangespoelde wrakhout en bedekte het afval. Verderop was het vochtig en bezaaid door fijne putjes van de regen. Midden in de storm stond ie, z'n broek klapperde om z'n benen en z'n jasje stond bol. Hij stak z'n handen in z'n zakken en schrok van het stukje brood waar ie onverwacht z'n vingers in duwde. Met 'n boog wierp hij het van zich af en zag hoe de wind het opving en tegen de dijk smeet. Hij veegde z'n mouw over z'n neus en keek naar de lucht boven de flats. Een vingerbreed erboven lieten de wolken elkaar los en even voelde hij z'n gezicht verwarmd door de zon. Daarna leek alles nog somberder en kouder, de koppen op de golven nog ijziger.

De zee inlopen, dacht ie, niet m'n armen spreiden als het water m'n borst raakt, maar gewoon doorlopen. De eerste golf slaat over me heen. M'n hoofd komt even boven tot de tweede er overheen gaat, en tenslotte spoelt de hele zee over me heen alsof ik er nooit liep.

Hij zou meegesleurd worden door de vloed en wel zo verraderlijk dat ie niet meer terugkon als ie wilde. Dagen later spoelde z'n lijk aan of werd op 'n golfbreker gekwakt, tussen de rotsblokken waar tijdens eb binnenzeetjes vol wemelende zeediertjes ontstonden. Maar hij zou niet naar beneden gaan, z'n jasje uittrekken en op het strand neerleggen. Nee, niemand zou het straks vinden en alwetend in zee turen. Wat bleef er dan over, waar moest ie naar toe? Daarachter ligt Engeland en daarachter en verder, nog verder, sta ik weer, dacht ie, o, de wereld is klein, zo gruwelijk hopeloos klein. De tranen gleden over zijn wangen in zijn hals en hij liet ze gaan omdat ie niet wist of het door de wind kwam.

De eerste wandelaars die onder hem langs gingen, vertraagden hun pas toen ze hem zagen staan, zo stijf en verwaaid en met een vertrokken gezicht alsof ie wou springen.

Twee banken voor 'm zat het bejaarde echtpaar dat hem 'n dubbeltje had gegeven omdat ie nog slechts tweeënvijftig cent bezat. 'Neemt u mij niet kwalijk,' had ie gezegd. 'Kunt u mij misschien 'n dubbeltje lenen? Ik ben bang dat ik vijfentwintig gulden verloren heb... Ik heb ernaar gezocht maar...'

'Nee, dat is moeilijk met die storm,' zei het vrouwtje.

'Het kan ons allemaal overkomen,' zei haar man. 'U mag wel mee op onze kaart.'

'Dat kan niet Jan,' zei het vrouwtje, 'meneer hier kan er wel ergens anders uitmoeten.'

Verlegen had ie ze de twee cent als wisselgeld voorgehouden maar de oude baas schudde ootmoedig zijn hoofd en zei: 'Laat u maar zitten meneer.'

Z'n opgeschoren achterhoofd liep uit in twee magere nekspieren waarvan de linker rimpelde toen hij zijn hoofd opzij draaide om iets tegen z'n vrouw te zeggen. Ze knikte bedachtzaam en de belletjes in de spleten van haar oren bengelden eigenwijs heen en weer aan het laatste millimetertje uitgezakt vel. Schuin achter 'm zat een man met een hond die in zee was geweest. Verder was de tram leeg en omdat er bij de eerste haltes niemand stond te wachten en er niemand uit moest, racete de conducteur over de rails of ie over 'n circuit ging. Tot ie moest stoppen voor 'n puisterige slungel met een handdoek, opgerold als een kroket, waar een punt van een zwembroek uit stak. De halte erna stapte de man met de hond uit, een natte plek van de hond zijn achterwerk nalatend.

En ineens reden ze door de Edisonstraat en onbewust van het lampje dat reeds rood brandde voor de jongen die in het Regentessebad moest wezen, drukte hij op de stopknop.

Meters voorbij de Indische winkel geurden de knoflook en oosterse kruiden. Hij zag de vrouw van de melkboer. Ze haastte zich naar de mis van acht uur zonder hem op te merken. Alsof ie niet was weggeweest. Drie van de elf kinderen tellende familie Houtzager staakten echter het knikkeren en gaapten hem aan. Nu leek het hem of ie deze straat met de goed onderhouden voortuintjes maanden niet had gezien.

Hij naderde het portiek en weigerde de kapsalon in te kijken die als een pastelgroene vlek z'n linkerooghoek treiterde. Z'n vingers speelden zenuwachtig met de kruimels in z'n zakken. Aarzelend zette hij zijn voet op de onderste tree en ging naar boven op de manier waarop ie dat zovele malen had gedaan: z'n schoen schuivend tot de neus tegen de onderkant van de volgende tree plokte.

W. A. Bleeker op de deur, het ruitje van bobbelglas waarachter 'n rood gordijntje hing, het touwtje door het gaatje dat ie geboord had toen Peter groot genoeg was om buiten te spelen. Hij streek z'n haar glad, wreef over z'n ziltige stijve wangen, nam het knoopje van het touwtje tussen duim en wijsvinger en trok: de deur gaf mee, geen nachtslot.

Niemand in de hal. Z'n tas lag op de kapstok. Die had Kruijer natuurlijk bezorgd, onder de zelfbinders op z'n brommer. De slaapkamerdeur stond op een kier. Met gestrekte arm duwde hij hem verder open en zag de linnenkast, saai en dominerend en badend in het licht. Adrie zat half overeind in bed met Peter tegen zich aan. Het kind trok z'n vingertjes van de houten lorrie die dwars over haar schoot stond en stak ze beduusd in z'n mond.

Niks zei ze. Ze keek 'm aan en hield haar lippen op elkaar, stijf, alsof ze haar lachen inhield. Pas toen Peter 'Papa?' zei, draaide ze zich opzij. 'Ga nou maar spelen,' zei ze en duwde de lorrie naar het voeteneind. 'Vooruit dan.'

'Is papa,' zei Peter terwijl hij uit bed kroop.

'Ja, dat is papa,' zei ze. Ze schoof naar het midden en klopte uitnodigend met haar hand op de plaats waar ze zoëven lag.

Bleeker trok z'n schoenen uit en ging naast haar zitten. Behaaglijk trok de warmte door z'n broek.

'Je hebt dooie vingers,' zei ze.

'Ja,' fluisterde hij, 'ik heb 't koud.' Hij voelde hoe ze hem van top tot teen opnam.

'Er is 'n brief van de zaak. Als je je excuses aanbiedt mag je blijven.'

Bleeker zweeg en keek naar z'n rechtervoet waar de hiel van de sok op z'n wreef was gedraaid. Ze pakte z'n hand en begon aan z'n vingers te wrijven.

'Ik geef 'm 'n week, heb ik Tegelaar gezegd.'

'Marion huilt,' zei Bleeker.

'Ze heeft 'n zomergriepje. Ik moet 'r 'n paar dagen in bed houden. Allemachtig, wat ben je koud.' Ze legde haar hoofd op z'n schouder en tilde het 't volgende moment weer op. 'Peter, ga maar even in de keuken spelen. Mama komt zo.'

'Papa ook?' vroeg hij.

'Ook ja,' zei ze.

Gehoorzaam ging ie, de lorrie rammelend achter zich aan slepend. Opnieuw vleide Adrie zich tegen hem aan. 'M'n bolleboos, waarom ben je eigenlijk weggegaan?'

Bleeker trok z'n schouders op en zuchtte. Hij zag Gerrie, zo duidelijk, dat de kaplucht van beneden verdrongen werd door sigarerook die in z'n neus prikte.

'Willem, waar ben je al die tijd geweest?' vroeg ze luider en ze begon te foeteren, dan weer zacht, dan weer hard. 'Marion is stil,' zei ze ineens. 'Ik zal maar even gaan kijken.'

Ze stapte in 'n paar slippers. 'We gaan straks naar moeder. Die weet van niks. Ga je mee?'

'Ik wil slapen,' zei Bleeker.

Ze liep naar de linnenkast, haalde z'n blauwe kostuum tevoorschijn en hing het over de stoel. Op de zitting legde ze een schoon overhemd.

'Trek wel die kleren uit, ze stinken,' zei ze met een omhoog getrokken neus. 'Geen gezicht ook. En je moet je scheren.'

Hij hoorde haar over het zeil wegklakken, de deur dichttrekken en op slot draaien. Op slot draaien? Dat was niet waar. Hij herhaalde in z'n hoofd het geluid van de omdraaiende sleutel. Zo klonk het, zo ongeveer, hij had het zelf verzonnen. En als het wel zo is, dacht ie, dan is dat pas wanneer ik het aan de deurknop heb gevoeld. Zolang ik hier lig is ie dus niet op slot. Hij begon te beven. Nee, ik sta niet op, dacht ie, ik moet blijven liggen. Krampachtig greep ie in de dekens. Hij klemde z'n tanden op elkaar en trachtte te bedaren maar het beven hield niet op. Er knapte iets in z'n hoofd. Met trillende vingertoppen betastte hij z'n gezicht. Ik hoor ze wel, achter de deur staan ze te lachen. Ophouden, god, laat 't ophouden.

Van Mensje van Keulen verschenen bij De Arbeiderspers:

Bleekers Zomer, *roman*
Allemaal Tranen, *verhalen*
Van Lieverlede, *roman*
De Avonturen van Anna Molino, *schelmenballade*
Overspel, *roman*
De Ketting, *verhalen*
Engelbert, *roman*

Bij Querido verschenen de kinderboeken:

Tommie Station
Polle de Orgeljongen
Vrienden van de Maan
Van Aap tot Zet